고수,
하산하다

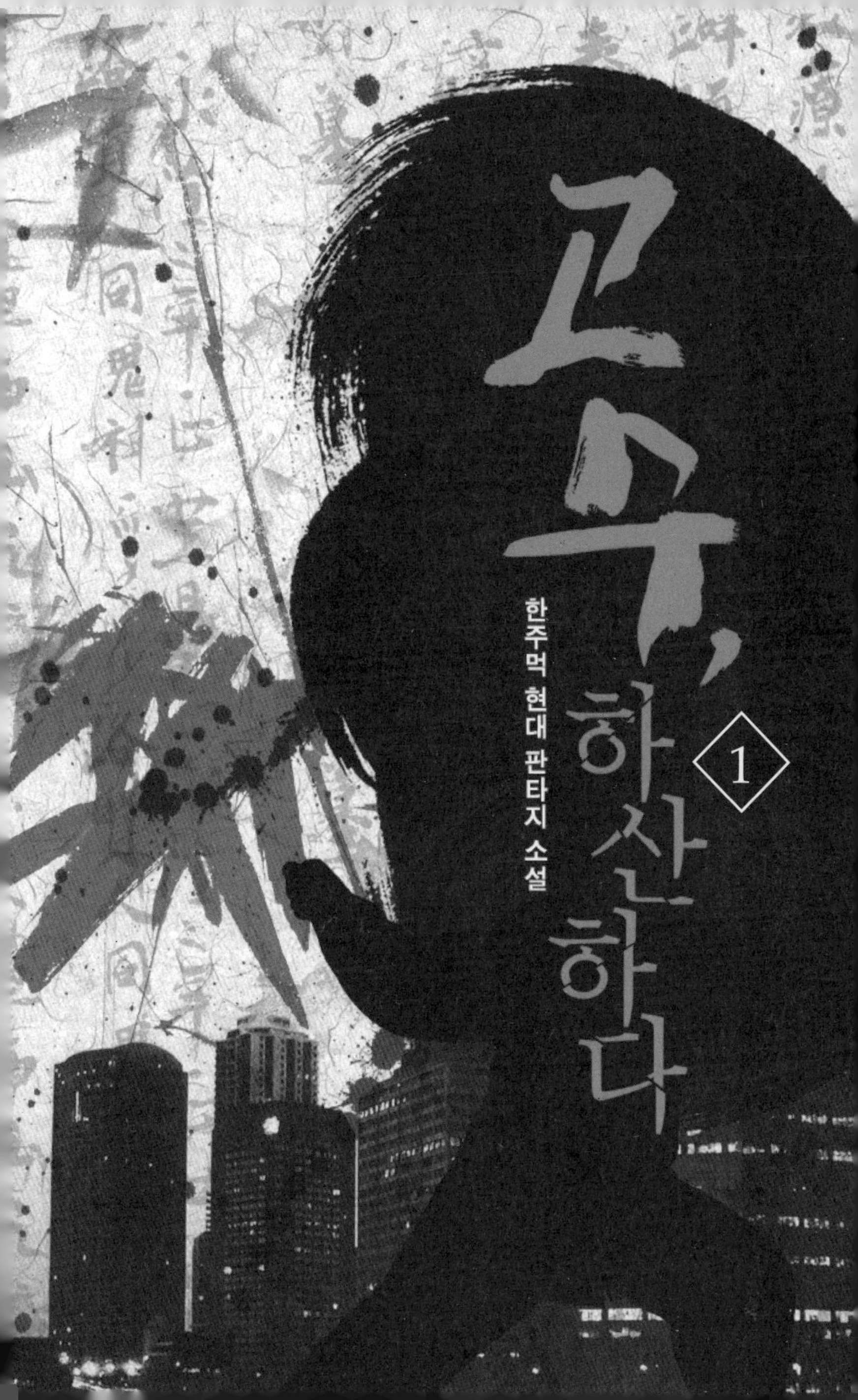
고수, 하산하다
1
한주먹 현대 판타지 소설

차 례

1
불치병

不瘳手遯豆

不瘳手遯豆

齗踊行路茲以錢之齗踊行路茲以錢之

春秋六十有二其年春秋六十有二其年

辟此下方齗乾也方辟此下方齗乾也方

墓

墓

洛賢人同鬼神而

洛賢人同鬼神而

小慎三年乙廿一日

小慎三年乙廿一日

原夭遇西山之

原夭遇西山之

벅벅~

어린아이가 벌겋게 발진이 일어난 피부를 긁고 있었다.

피가 나올 정도인데도 긁는 행동을 멈추지 않는 아이.

아마도 아픔보다는 가려움이 더 견디기 어려운 것 같았
다.

"정수야, 그만 긁어."

"응, 엄마. 그래도 가려워서~"

엄마가 말려 보지만 그때뿐이었다. 아이인 탓에 신경을
긁는 가려움을 참기는 힘들었다.

이제 7살인 정수는 피부병을 앓고 있었다. 아기였을 때
는 괜찮았는데, 6살 때부터 피부에 발진이 많이 생기며

가려워하고 있었다.

그렇다고 부모의 관심이 없거나 병원을 안 가는 것도 아니었다.

하지만 원인도 알 수 없고, 치료도 어려운 난치성의 피부병이었다.

이제는 가려워서 밤에도 쉽게 잠을 자지 못할 정도였다.

당연히 어머니는 정수를 데리고 오늘도 병원을 전전하고 있었다.

"아니, 모른다니. 그게 무슨 말입니까?"

정수의 어머니가 의사를 붙잡고 목소리를 높이고 있었다.

자식이 아픈 이유를 모른다고 하니 자연 목소리가 높아진 것이다.

"아토피나 알레르기는 아닙니다. 아직 원인을 알아내지 못했습니다. 검사를 더 해 보도록 하겠습니다."

"아직 해 보지 않은 검사가 있는 겁니까? 모르면 모른다고 그냥 말씀하세요. 그럼 정수를 더 큰 병원에 데려가겠어요."

아이가 아픈데 의사들도 원인을 모르고 있었다.

현대 의학이 많이 발달했다지만 아직 원인불명의 병도 많았다. 희귀병이 많은 건지 의사의 실력이 별로인지 진단을 내리지 못하는 경우도 가끔 있었다.

이미 수많은 병원을 전전한 상태이니, 의사 탓이기보다는 희귀병일 확률이 높았다.

그래도 의사가 모른다고 해 준 것이 그나마 다행이었다.

그냥 증상이 비슷한 병명을 알려 주고 처방을 내리는 경우도 많았다. 그러면 약을 먹어도 차도가 없어, 또 병원을 돌아다녀야 했다.

정수의 어머니가 다른 병원에 간다고 하자 의사도 추측을 꺼냈다.

의사로서 정확한 진단을 내리지 못하는 것이 자존심 상하지만, 해 줄 말이 추측뿐이었다.

그래도 양심적인 의사를 만나 정수의 어머니로서는 고생을 조금 줄일 수 있었다.

"여기도 대학병원이고 종합병원입니다. 다른 곳에 가도 소용없을 겁니다. 아무래도 아이의 몸이 약한 것일 수도 있고, 체질일 수도 있습니다. 누구는 건강하고 누구는 약하고, 남들은 괜찮은데 알레르기가 있기도 하지 않습니까?"

누군가는 건강하고 누군가는 약하고, 똑똑한 사람도 둔한 사람도 있다. 멀쩡한 음식에 알레르기가 있을 수도 있고, 피부가 예민해 아토피에 고생하는 아이도 있다.

의사는 피부 트러블이 많고, 환경에 예민하게 반응하는 원인을 체질로 돌리고 있었다. 과학적이지는 못하지만 상식적으로 보면 타당한 추측이기는 했다.

특별한 병이나 알레르기 물질 없이 발진이 일어나니 체질 탓으로 돌리는 것이다.

의학이 더 발달되면 원인을 알 수 있을지도 모르지만, 결국 체질 탓으로 돌리는 경우가 생기기도 한다.

"병원에서는 해 줄 게 없다는 말인가요?"

"이런 말 하기는 부끄럽지만, 한의사를 찾아보십시오. 체질 문제인 것 같으니 보약이라도……."

정수가 고통받는 것이 안쓰러운지 의사는 결국 하기 싫은 말까지 꺼내고 말았다.

한의사를 찾으라는 말은 의사로서 가장 하기 힘든 말일 것이다.

"흑흑, 우리 정수 어쩌나? 그래, 보약이라도 먹여야지."

의사가 그런 말까지 하자 정수의 어머니도 병원에서의 희망은 버렸다.

다음날부터 정수는 어머니 손에 이끌려 여러 한의원을 전전했다.

물론 한의사들도 똑 부러지는 진단과 치료를 해 줄 수

는 없었다.

명의는 찾기 어렵고, 보통의 한의사들은 모호한 체질론을 말하며 비싼 한약을 팔았다. 명의에 양심적인 한의사가 아니라면 보약이나 팔아먹을 수밖에 없는 것이다.

그래도 아토피 환자에게 많이 처방하는, 피를 맑게 하고 피부를 강화시키는 한약을 써서 약간의 차도는 있었다.

"음냐~ 음냐."

정수는 잠에 빠져 있었다.

아직 피부에 약한 발진이 있었지만, 잠을 못 이룰 정도는 아니었다.

'흑흑, 내가 꼭 낫게 해 줄게.'

어머니는 오랜만에 편히 자는 정수를 보며 눈물을 흘리면서도 각오를 다졌다.

약간의 차도가 있자 정수의 어머니는 부지런히 한의원을 돌아다녔다.

정수를 완전히 낫게 할 명의를 찾으려는 것이다.

그러다 명의 소리를 듣는 정심 한의원이라는 곳을 찾게 되었다.

많이 돌아다니고 이야기를 듣다 보니 이곳을 찾은 것이다.

입소문이라는 것이 믿기 어렵기는 하지만, 그만큼 정확하기도 하다.

정심 한의원의 심 의원은 정수의 맥을 짚고 피부와 골격도 세밀히 만져 보다가 생각에 잠겼다.

그리고 마침내 생각이 정리되었는지 입을 열었다.

"으음, 한의학에서는 필요에 따라 인체의 기를 여러 가지로 나눕니다. 보통은 오행육기로 나누어 진찰하고 약이나 침을 씁니다만, 다르게 분류할 수도 있습니다. 아드님의 상세는 몸의 내부를 주관하는 영기(營氣)와 외부를 주관하는 위기(衛氣)로 나누어 살펴야 합니다. 제가 보기에는 아드님은 몸 안은 정상인데, 몸을 보호하는 기운이 약해지는 것 같습니다. 몸의 내부는 멀쩡하지만, 몸을 감싸 보호하는 위기가 약해져 문제가 생기는 것 같습니다."

"아니, 그게 무슨 말씀입니까?"

"사람마다 피부가 두껍기도, 얇기도 한데, 아드님은 특히 피부가 얇은 사람입니다. 몸은 건강한데 피부가 얇으니 작은 자극이나 독소에 쉽게 노출되는 겁니다. 몸이 성장하면 피부도 당연히 성장하는 법인데, 아드님의 위기(衛氣)는 태어날 때 이후로 성장하지 않아 이제야 문제가 되는 겁니다."

"그럼 치료 방법이 있습니까? 비싸도 좋으니 고쳐만 주십시오."

한의원을 전전하다가 명의의 소문을 듣고 온 것이다.

정수의 어머니는 뭔가 희망이 보이는 것 같아 매달리게

되었다.

"그게 어렵습니다. 몸에 병이 생긴 것이 아니라 체질 같은 겁니다. 그리고 체질은 쉽게 바꿀 수 없습니다. 키가 작은 사람도 있고, 머리가 나쁜 사람도 있습니다. 선천적인 것을 바꿀 수 있다면 세상에 못난 사람은 없을 겁니다."

"아이고, 우리 정수 좀 살려 주십시오. 산삼 같은 것을 먹으면 몸이 젊어진다는 말이 있지 않습니까? 그 정도는 충분히 감당할 수 있습니다."

"이미 옛날이야기에 나오는 산삼은 없어졌습니다. 그런 산삼이 있어도 아드님의 체질을 고칠 수 있을지 확신은 못합니다. 체질을 약으로 고치는 것은 어려울 겁니다. 그래도 방법이 있긴 한데……."

본래 산삼이라 불리는 천종산삼은 한반도에서 없어진 지 오래였다. 귀한 만큼 오래전부터 찾는 사람이 많았고, 산삼의 씨가 마른 것이다.

이제 산삼이라고 하면 인삼의 씨앗이 산으로 퍼져서 생긴 인종산삼이 전부였다.

그래도 산에서 자란 산삼이라 효과는 있지만, 옛날이야기에 나오는 효과까지는 아니었다.

그리고 약으로 체질을 바꾸는 것도 쉬운 것은 아니다. 체질을 바꾸려면 전설의 영약이나 금단 같은 것이라도 있어야 했다.

심 의원은 어설프게 보약을 팔아먹을 생각이 없는지 냉정히 사실을 알려 줬다.

그래도 말끝을 흐리며 방법이 있을 것 같다는 말을 했는데, 분위기상 한몫 챙기기 위한 낚시질은 아니었다. 말끝을 흐릴 정도로 어려운 방법인 것 같았다.

그러나 정수의 어머니는 마지막 희망을 잡을 수밖에 없었다.

"아니, 무슨 방법입니까?"

"일단 아드님을 산에 보내십시오. 도시는 아드님의 약한 피부를 상하게 하는 것이 많습니다. 그리고 수련을 시키십시오. 수련으로 체질을 바꾸는 것도 어렵지만, 무술은 본래 몸을 보호하는 것이 목적입니다. 무술을 수련하면 저절로 몸을 보호하는 기운이 생길 겁니다. 지금부터 시작해야지 나이가 많아지면 증상이 더 심해질 겁니다. 그리고 혹시 경지가 높아지면 산을 내려올 수도 있을 겁니다."

"수련이요?"

심 의원이 수련의 효과를 말하자 정수의 어머니는 반문할 수밖에 없었다.

정수의 어머니가 무술과 한의학에 대한 지식이 없지만, 심 의원이 말한 이치는 이해할 수 있었다. 피부가 약하니 운동으로 단련시키라는 말은 쉽게 이해되었다.

그러나 산에서 수도하는 것처럼 운동하라니 혼란스러울 수밖에 없었다.

산에서 수련하는 도인에 대한 소문이 많긴 해도 옛날이야기 수준이었다. 막상 정수가 그런 산중수련을 해야 병이 낫는다니 쉽게 받아들이지 못했다.

정수 어머니가 혼란스러워하자 심 의원은 보충 설명을 했다.

"아드님의 문제는 체질 때문입니다. 그리고 내부의 기운이 약한 것도 아니고, 몸을 감싸는 기운이 약한 겁니다. 호흡법 같은 것보다, 기운을 외부로 발산하는 무술을 익히는 것이 좋을 겁니다. 물론 수련이 굉장히 힘들 겁니다. 쉬운 방법도 있기는 한데……."

심 의원은 더욱 말끝을 흐리며 쉬운 방법이라는 낚시질을 했다.

"쉬운 방법이요?"

"신내림을 받는 겁니다. 아드님은 지금 빙의되기 쉬운 상태입니다. 몸을 보호하는 기운이 약해졌고, 아직 어려서 정신력도 강하지 못합니다. 그래도 독이 있는 곳에 약이 있는 법입니다. 강한 신을 받으면, 그 신의 기운이 몸을 보호할 겁니다."

결국 심 의원은 신내림이라는 방법을 말해 주었다. 말

끝을 흐리며 머뭇거린 이유가 있는 것이었다.

요즘에는 무속업도 고수익 자영업이지만, 인식이 좋을 리는 없었다. 당연히 정수의 어머니는 펄쩍 뛰었다.

"절대 안 됩니다. 힘들어도 차라리 무술을 수련시키겠습니다."

"그냥 그런 방법도 있다는 겁니다. 그럼 서둘러 수련시키십시오. 자랄수록 몸을 보호하는 기운이 약해지고 있어 증상이 더 심해져 귀신이 들릴 수도 있습니다. 그리고 정 힘드시면 용한 무속인을 찾으십시오."

"절대 제 아이를 박수로 만들 수는 없습니다. 그런데 아시는 분이 있으면 소개 좀 해 주십시오. 시간이 없다고 하시는데, 산에서 수련하시는 도사분을 찾기가 쉽지 않을 것 같습니다."

수련과 신내림의 선택지가 주어지자 정수의 어머니는 주저하지 않고 수련을 시키겠다고 목소리를 높였다.

만약 수련이라는 방법만 알려 줬으면 많이 주저했을 것이다. 제정신으로 어린아이를 산중수련시키기는 쉽지 않았다.

그러나 양자택일의 선택지가 주어지자 비교적 괜찮아 보이는 수련을 바로 선택했다.

그런 후, 정수의 어머니는 심 의원에게 아는 도사가 있는지 물었다. 급한 마음에도 이야기 속의 도사를 찾기가 쉽지 않다는 생각을 한 것이다.

"음, 여기로 찾아가 보십시오. 제가 알기로 이 사람이 제법 고수로, 사이비는 아닙니다. 그런데 성격이 좀 모났습니다. 산에서 수련하던 사람이니 참고하십시오. 그리고 아이가 힘든 수련을 산에서 해야 하니 각오를 하십시오."

그래도 유명한 한의사라 그런 쪽의 인맥이 있었다. 심 의원은 고수라는 말을 하며 연락처를 주었다.

"감사합니다, 선생님."

"아닙니다. 제가 해 줄 게 없어 죄송합니다."

"그래도 선생님께서 원인과 치료 방법을 알려 주시지 않았습니까? 그런데 증상을 줄여 주는 약은 없습니까? 이 한약을 먹으니 조금 차도가 있었습니다."

"흠, 아토피에 쓰는 약이군요. 아까 말했다시피 아이의 몸은 정상입니다. 그러니 이 약을 계속 먹으면 오히려 탈이 있을 겁니다. 피가 너무 맑아지면 출혈 같은 것이 생길 수 있습니다. 차라리 시골에만 내려가도 증상이 줄어들 겁니다."

정수의 어머니는 감사의 인사를 하며 약도 처방해 달라고 말했다. 한약을 먹고 차도가 있었으니, 명의의 처방도 받으려는 것이다.

그러나 심 의원은 아이 몸은 정상이라 약이 필요없다고

하며, 약을 계속 먹으면 부작용이 생긴다는 경고를 했다.

보약을 팔아먹을 수 있을 텐데 심 의원은 끝까지 명의의 모습을 보여 주고 있었다.

덕분에 정수의 어머니는 더욱 심 의원의 처방을 믿게 되었다.

"여보, 이번에 용한 의원분이 정수가 아픈 원인을 알려 주었어요."

"거, 그런데 너무 혹하지 마. 지금 아이 약값에 쏟아 부은 돈이 얼마인지 알아? 그리고 아토피 같은 것은 불치병이야. 평생 관리하며 살아야 하는 병도 있어."

정수의 아버지는 평범한 직장인이었다. 자식이 아픈 것은 마음 아픈 일이지만, 부인이 병원과 한의원에 돈을 쏟아 붓는 것은 말려야 했다.

그래도 아이가 하나뿐이라 가계 사정이 아직 버티는 것이었다.

아버지는 정수의 증세가 불치병이라는 사실을 받아들이고 있었다. 완치는 포기했고, 증상을 완화시키고 관리하는 정도를 생각하고 있었다.

"이번에는 정말 명의였어요. 아이의 몸을 보호하는 기운이 약해지고 있다네요. 그래서 아이에게 무술을 수련시켜 기운을 강하게 하거나 신내림을 받으래요."

"뭐! 수련이나 신내림?"

"물론 정수를 박수무당으로 만들 수는 없으니 당연히 수련을 시켜야죠. 그분이 아는 고수도 소개시켜 주었어요."

"그게 말이 되는 소리야?"

수련이나 신내림이라는 소리에 정수의 아버지는 부인에게 목소리를 높였다.

그런 말을 쉽게 믿을 리가 없으니 당연한 고함이었다.

남편이 목소리를 높였지만 정수의 어머니는 차분히 설명을 했다. 그만큼 어머니는 심 의원을 강하게 믿고 있었다. 그의 말을 곰곰이 따져 보니 이치에 합당하다고 생각했기 때문이다.

"체질적으로 피부가 두꺼운 사람도, 얇은 사람도 있다는 비유로 설명을 했는데, 이치적으로 맞잖아요. 그래도 그분은 정수가 아픈 이유를 똑 부러지도록 설명하고 처방도 내렸어요."

"음, 괜한 헛돈 쓰지 않는다면 말리지는 않겠소. 그럼 아이의 증상이 좀 나아지는지 봅시다."

자식을 고치려는 어머니를 말릴 수는 없다.

부인이 수련이라는 처방을 강하게 믿는 것 같아, 정수의 아버지는 한발 물러섰다.

수련이라는 것을 동네의 도장에 다니는 것으로 생각한

것이다.

정수를 한의사가 소개해 준 고수에게 데려가 산중수련을 시킨다는 것을 알았으면 당연히 반대했을 것이다.

제정신인 부모가 아이를 산에 보낼 리가 없으니.

방법을 알려 준 심 의원이 잘 설득한 것이기도 했지만, 정수의 병 때문에 어머니는 극심한 스트레스를 받고 있었다.

그래서 구원의 동아줄이 내려오자 더 강하게 믿고 있었다. 절망적인 사람이 사기를 잘 당하는 이유였다.

결국 아버지의 오해와 어머니의 믿음 때문에 정수는 고수를 만나러 시골로 내려가게 되었다.

다음 날, 정수의 어머니는 용기를 내어 고수에게 전화를 걸었다.

그러나 고수의 휴대폰은 꺼져 있었다.

'산에서 수련하느라 꺼놨나? 그러고 보니 전화가 있는 것이 용하네. 요즘에는 도인들도 휴대폰이 있는 건가? 그러고 보니 주소가 속리산이지. 음, 거절할 수도 있으니 직접 찾아가서 빌자!'

어머니는 정수를 차에 태워 바로 심 의원이 소개시켜 준 고수를 찾아갔다. 혹시 정수를 가르치는 것을 거절하면 어쩌나 하는 생각에 무작정 찾아가는 것이다.

그만큼 아픈 정수를 돌보는 어머니의 마음은 절박했다. 절박할수록 마음을 가라앉혀야 하는데, 그런 것이 쉬울 리가 없었다.

주소는 속리산 인근의 마을이었다.

"잘못 찾아왔나?"

막상 주소의 집을 찾았지만, 도장이나 고풍스런 한옥처럼 고수가 사는 것 같은 집은 아니었다.

그냥 낡고 평범한 시골집이었다.

이래서 심 의원이 미리 주의를 준 것이었다.

실력과 포장은 다른 문제였다.

한의사의 경고대로면 고수의 성격도 모가 나 있을 것이다.

잘못 찾아왔나 하는 생각에 어머니는 주변 집의 명패를 확인했다.

그러나 번지수가 이어지고 있어 잘못 찾아온 것이 아니라는 것을 확인했다.

"계십니까? 계세요?"

어머니는 사람을 찾으며 정수를 데리고 마당으로 들어갔다.

그러나 인기척이 없었다.

어머니는 정수와 함께 마당의 평상에 앉았다. 소득없이 돌아갈 수도 없으니, 누구라도 오기를 기다리는 것이다.

"엄마, 가려워."

"정수야, 조금만 참아. 이제 건강해질 거야."

"가려운데."

"긁으면 흉이 지니 참아."

해가 기울어 가는데도 사람이 나타나지 않았다.

정수의 어머니는 더 기다리지 못하고 근처의 집을 찾아 고수에 대해 수소문을 했다.

"저기, 저 집 주인분이 어디 계신지 아십니까?"

"정씨요? 한데 무슨 일이오?"

"아는 분 소개로 왔습니다."

"약초 찾으시오?"

"약초요?"

"정씨는 농사는 안 짓고 산에서 약초를 캐지. 가끔 귀한 약초를 캔다는 소리가 있어."

"네에~ 그럼 지금 산에 올라가 계신 겁니까?"

"띄엄띄엄 모습을 보이는 편이라 지금 어디 있는지는 잘 모르겠네."

고수는 도인이나 선생님이 아니라 정씨라 불리고 있었다. 그리고 마을 사람들은 고수를 약초꾼으로 알고 있었다.

문제는 언제 올지는 모른다는 대답이었다.

"저, 이 근처에 숙박할 곳이 있겠습니까?"

"속리산 근처라 저쪽으로 나가면 모텔이야 많지. 그런데 아이가 아픈 것 같은데……."

"좀 그렇습니다."

"이장댁에 별채가 있으니, 안내해 주겠네."

"감사합니다."

고수가 언제 올지 모른다는 소리를 들었지만, 정수의 어머니는 방을 잡고 기다리기로 했다. 숙박할 곳을 묻는 어머니의 얼굴에는 그만큼 절박함이 묻어나고 있었다.

그래도 시골 인심이 있었다.

노인은 정수가 발진을 긁는 모습이 안쓰러운지, 이장 집으로 안내했다. 이장 내외도 정수와 어머니를 반갑게 맞이해 식사와 잠자리를 봐주었다.

"여보, 여기 속리산이에요."

—속리산?

"명의가 소개해 준 고수를 찾아왔어요. 그런데 산에서 수련하는지 집에 없어서 마을 이장님 댁에서 기다리고 있어요."

—아니, 당신 제정신이야! 운동이야 동네 도장에서 시키면 되지.

정수의 어머니는 아직 회사에 있을 남편에게 전화를 했다. 말도 없이 이곳에 내려왔으니 연락하는 것이다.

"그런 운동이 아니라, 진짜 도인처럼 수련해야 정수가

나을 수 있어요."

─그게 말이 돼!

정수의 어머니는 차분히 설명을 했지만, 남편은 황당하고 걱정이 되어 목소리를 높였다.

그러나 이미 정수와 함께 내려와 있으니 목소리를 높인들 의미가 없었다.

부부는 한참을 이야기를 하다가 통화를 마쳤다.

정수의 아버지는 내일 아침 바로 올라오라고 설득을 했지만, 어머니의 뜻은 완강했다.

그래도 무작정 기다릴 수는 없었다. 하여 내일까지 고수가 집에 오지 않고 통화도 안 되면 돌아가기로 하고 통화를 마쳤다.

정수의 어머니가 통화를 마치고 별채로 돌아오자 정수는 이미 잠에 빠져 있었다. 갑자기 집에서 멀리 왔으니 피곤한 것이다.

그런데 정수의 발진이 많이 줄어들었고, 잠도 편히 자고 있었다.

'역시 시골로 오니 나아지네. 정수는 꼭 수련해서 건강해져야 해.'

정수가 편히 자는 모습을 보고 어머니는 심 의원의 처방을 더욱 신뢰하게 되었다.

날이 밝자 정수는 아침을 잘 먹고 나서 마당과 골목길

을 오가며 뛰어다녔다. 오랜만에 푹 자고 밥을 먹으니 기운이 넘치고 있었다.

아이들은 생기가 넘쳐서 가만있지 못하고 뛰어다니기 마련이다. 정수는 오랜만에 본래의 모습대로 부산하게 돌아다니며 아이다운 모습을 보였다.

그리고 아직 붉은 기운이 남아 있지만 발진도 많이 가라앉고 가렵지도 않아 보였다.

그 모습에 정수의 어머니는 더욱 각오를 다졌다.

다행히 점심경에 정씨가 나타났다.

수염이 덥수룩한 중년의 사내였다.

고수의 풍모는 보이지 않았다.

그냥 힘 좋고 일 잘하게 생긴 동네 아저씨의 모습이었다.

그래도 뭔가 분위기는 달랐다.

사람이 많이 다니는 길거리를 보면 개인은 드러나지 않는다. 개인이 군중 속으로 섞여 들어가는 것이다.

주변과 분위기를 맞추는 것은 인간이 무리 생활을 할 때부터 갖춰야 하는 본능이었다.

그러나 정씨는 이상한 분위기가 있었다. 사람들 사이에 있어도 단번에 튀는 느낌이었다.

정씨는 촌사람도, 약초꾼도, 농부도 아닌, 뭔가 이상한 분위기가 있었다.

도인이나 무술가라고 할 수 있는 분위기였다.

사람 사이가 아니라, 홀로 완성을 추구하는 구도자만이 가질 수 있는 분위기였다.

그러나 동네 사람들에게는 그저 노총각에 약초꾼인 정씨였다.

"정씨 왔구먼. 이장 집에 자네를 찾는 손님이 와 있네."

"손님이요?"

"아파 보이는 아이도 데리고 있던데, 약초를 구하려는 것 같네."

"원한다고 약초를 찾을 수 있는 것도 아닌데, 왜 찾아온 건지 모르겠군요."

"절박해 보이던데, 마음이 급했겠지. 안돼 보이니 잘 좀 해 줘."

"네, 어르신."

자신을 찾는 손님이 있다는 소리에 정씨는 이장댁을 찾았다.

"무슨 일로 찾아오셨소?"

정씨는 퉁명스럽게 찾아온 용건을 물었다.

무뚝뚝하고 성의없는 목소리였다.

"심 의원님 소개로 왔습니다."

"아, 그 돌팔이. 그런데 무슨 일로? 찾으시는 약초라도 있습니까?"

정씨는 가끔 귀한 약초를 얻으면 심 의원에게 팔았다. 약초를 정확히 보고 속이지도 않고 값을 잘 쳐주기 때문이다.

"심 의원님이 제 아이가 몸을 보호하는 기운이 약해지고 있다고 합니다. 그래서 무술을 익혀야 건강해진다고 알려 주셨습니다. 외람되지만, 제 아이에게 무술을 가르쳐 주십시오."

"무술이요?"

"네. 고수분이라고 들었는데, 부탁드립니다. 사람 하나 살려 주십시오."

"요즘 그런 것 배워 봐야 쓸모도 없습니다. 저를 보면 아시지 않습니까?"

"심 의원께서 말씀하실 정도면 대단하신 것 같은데……. 혹시 문파가 있으십니까? 그렇다면 정수를 문파에 넣어 주십시오."

"요즘 세상에 문파가 어디 있겠습니까? 옛날에도 그런 건 없었습니다."

"그럼 도장을 운영하고 계시지는 않습니까?"

"도장이요? 도장 여는 데 필요한 것이 무엇일 것 같습니까?"

도장을 언급하자 정씨의 눈빛이 변했다.

그리고 도장을 여는 데 필요한 것이 무엇이냐는 이상한 질문을 했다.

"도장이면 일단 실력이……."

"바로 돈입니다. 물론 영업 마인드도 있어야 하지만 돈이 가장 중요하죠."

"돈이요?"

"네. 저도 처음에는 산에서 내려와 도장을 열었다가 쫄딱 망했습니다. 실력이 있다고 도장이 잘되는 것도 아니고, 관원이 많이 모이는 것도 아니었습니다. 관원이 70명은 있어야 현상 유지를 하는데, 전통 무술 같은 것으로 도장 냈다가는 쫄딱 망할 뿐입니다. 자본이 많아야 좋은 위치에 시설을 잘 만들어 아이들을 많이 모을 수 있습니다. 물론 애들을 많이 모을 수 있도록 태권도를 가르쳐야 하고요. 도장을 내고 사범을 부리려면 다 돈입니다."

정씨는 맺힌 것이 많은지 도장 운영에 대해 열변을 토했다. 자신의 실력을 믿고 도장을 냈다가 쫄딱 망해서 쌓인 것이 많은 것 같았다.

"네에, 하여간 제 아이는 수련을 해야 건강해질 수 있습니다. 좀 가르쳐 주십시오."

"짐을 보셨겠지만, 제가 아이를 맡을 형편이 아닙니다."

"제발 맡아 주십시오. 우리 정수 좀 살려 주십시오. 그게 어렵다면 사부님이나 동문은 없으십니까? 아이 피부를 보십시오. 얘가 밤마다 몸을 긁으며 잠을 못 자는 것을 보면 가슴이 찢어지는 것 같습니다."

"동문 같은 거는 없습니다. 그리고 요즘 전통 무술을 가르치는 도장이 많이 있으니, 그런 데 가 보십시오."

"조금이라도 가르쳐 주십시오. 도장도 일주일에 몇 번, 하루에 한 시간만 가르치지 않습니까? 잠깐이라도 괜찮으니 가르쳐 주십시오. 그리고 정수는 오염이 적은 산에 살아야 좋다고 하는데, 산에 데리고 다니셔도 됩니다."

정수의 어머니가 사정을 했지만, 정씨는 냉정히 거절했다.

아픈 아이를 맡아 돌봐주고 가르치는 것은 쉬운 일이 아니었다.

그리고 요즘 세상에 제자를 키운다고 나중에 봉양을 받을 수 있는 것도 아니니, 선뜻 맡을 리는 없었다.

그런데 정씨는 정수가 산에서 살아야 한다는 말에 좋은 생각을 떠올렸다.

굳이 자신이 데리고 있을 필요는 없는 것이다. 아이를 절에 맡기고 가끔씩 가르치는 정도는 어려울 것이 없었다.

그리고 무엇보다 돈을 벌 수 있을 것 같았다.

정씨는 협상에 들어갔다. 고수이기는 해도 세상의 때가

많이 묻은 모습이었다.

"그래요? 제가 아는 절이 있는데, 거기서 생활해도 되겠군요. 그런데 저도 생계가 있어서……."

"절이요? 그곳이라면 잘 지낼 수 있겠군요. 그리고 요즘 조기 유학도 많은데, 유학 보내는 셈치고 섭섭지 않게 드리겠습니다."

정수의 어머니는 급한 마음에 어린 정수가 산에서 살기 어렵다는 것을 생각하지 못하고 있었다. 그런데 정씨가 절을 언급하자 반색을 했다.

산에서 살아야 하는 어린 정수에게 절은 좋은 거처였다.

그러나 세상에 공짜는 없었다.

"절에도 아이의 생활비로 어느 정도 시주는 해야 하는데……."

"정수가 외아들입니다. 유학 보낸다 생각하고 지원하겠습니다. 한 달에 백……."

정수의 어머니는 남편의 월급에서 얼마나 쓸 수 있을지 계산을 했다.

그리고 백만 원을 부르려다가 그 정도로 될지 잠시 고민을 하며 멈칫거렸다.

더 필요하면 자신도 일을 해야 한다는 각오를 다지는 순간, 정씨가 끼어들었다.

"백만 원이요? 그 정도면 조금 부족하지만, 아이가 아프니 가르치도록 하겠습니다."

약초꾼인 정씨에게 한 달에 백만 원이면 큰돈이었다. 아이 하나 잠깐씩 봐주는 것으로 백만 원이면 남는 장사였다.

그래서 백이라는 말을 하다가 정수의 어머니가 망설이는 모습을 보이자, 바로 백만 원을 불렀다.

정씨는 정수의 어머니가 백만 원을 부르려다 너무 많이 불러서 주춤한 것으로 생각한 것이다.

두 사람 모두 협상 스킬이 부족했다.

그래도 모두에게 만족스러운 거래였다.

"네, 감사합니다. 절에 보내는 시주는 제가 따로 하겠습니다."

"어이쿠, 시주까지……. 험험, 제가 그 절과 인연이 있으니 싸게 협상하겠습니다. 30만 원이면 방과 식사까지 해결할 수 있을 겁니다."

급한 사람이 우물을 파는 법이다.

정수의 어머니는 절에서 지내는 생활비까지 주겠다고 말했다. 정수가 건강해질 거라는 생각에 돈을 쓰는 것이다.

그러자 정씨는 얼른 자신이 협상을 해 준다며 못을 박았다.

물론 절에 머무는 값으로 30만 원이면 좀 과한 수준이다. 당연히 정씨는 중간에서 얼마쯤 빼돌릴 생각이었다.

어차피 협상은 급한 쪽이 불리할 수밖에 없었다.

그래도 정씨가 과한 욕심은 내지 않아 어렵지 않게 협상이 타결되었다.

이로써 정수는 매달 130만 원에 정씨 문하로 들어가게 되었다.

제대로 된 무도를 아이에게 가르치는 값이 있을 리는 없었다.

그저 양쪽 모두 만족하는 것이 좋은 거래였다.

"정수야, 선생님 말씀 잘 듣고 열심히 운동해야 한다. 내가 자주 찾아올게."

"엄마, 어디 가?"

"엄마는 집에 가고, 정수는 여기서 운동해야 해."

"왜?"

"정수 몸 많이 아프지?"

"응."

"여기서 선생님이 시키는 대로 운동하면 몸이 건강해져. 힘들어도 열심히 해야 건강해진다."

"집에 가서 운동하면 안 돼?"

"정수야, 여기 와서 덜 가렵지?"

"응, 덜 가려워. 어제는 잠도 편히 잤어."

"그러니까 정수는 여기 있어야 해. 몸 다 나으면 집에 가자."

"엄마도 여기 있으면 안 돼?"

"여긴 집이 아니잖아. 정수는 몸이 건강해져야 집에 갈 수 있어. 그러니까 열심히 해야 해."

"응, 알았어. 금방 나아서 집에 갈게."

7살이면 사리분별을 할 수 있는 나이다. 정수도 운동하면 건강해진다는 말을 이해하고 있었다.

그리고 이곳으로 와서 가려운 것이 덜하고, 잠도 편히 자고, 힘도 나서 뛰어다닌 것 때문에 엄마와의 작별을 잘 받아들였다.

오히려 정수의 어머니가 연신 훌쩍이며 정수와 떨어지는 것을 어려워했다.

그런데 정수는 며칠 정도만 생각하고 있었다. 여행 같은 것으로 엄마와 며칠 떨어져 있던 적은 여러 번 있었다. 그래서 정수는 며칠만 운동을 해서 건강하게 되어 집에 갈 생각을 하고 있었다.

그런 오해 속에서 이제 정수의 모진 산 생활이 시작되었다.

어머니가 떠나자 정수는 정씨의 손에 떨어졌다.

정씨에 대해 자세히 모르면서 아이를 맡겼으니 무모한 일이었다.

그만큼 절박했다는 의미였다.

정수는 매일 몸을 긁고, 잠도 깊이 못 자고, 시름시름 앓고 있었다. 아파하는 아이를 매일 보는 것도, 돌보는 것도 괴로운 일이었다.

정수의 어머니는 희망이 보이자 맹목적으로 정씨에게 정수를 맡긴 것이다.

마음 깊은 곳에서 힘든 짐을 벗어 버리고 싶은 것일 수도 있었다.

어찌 됐든 둘만 남게 되자, 정씨는 정수에게 시선을 돌렸다.

"정수라고?"

"네."

"어디 보자, 근골은 보통이네. 음, 맥이 약하지는 않은데…… 몸을 보호하는 기운이 약해진다니, 신기한 체질이군. 돌팔이가 그렇게 진단했으니 틀리지는 않겠지."

정씨는 정수의 근골을 살피고 맥을 짚어서 몸 상태를 살폈다.

그런 뒤, 일단 정수가 무골이 아니라는 것을 확인했다.

같은 수련을 해도 성과가 많은 사람이 있었다. 뼈가 굵고, 관절은 유연하고, 근육은 탄력있는 몸이 무골이었다.

호리호리하고 발진이 있는 정수는 한눈에 봐도 몸이 좋지 않아 보였다.

그래도 정수가 약한 것이 병 때문일 수가 있어 정씨는 직접 정수의 뼈와 근육을 만져 보고 뼈대가 약한 것을 확신했다.

그리고 바로 수련을 시작했다.

심 의원의 진단대로 몸이 약하지는 않으니 바로 수련을 시킨 것이다.

"이게 마보다. 수련의 기초이자 전부다. 앞으로 이것만 이가 갈리도록 할 거다."

정씨는 마보를 보여 주며 정수를 가르쳤다.

마보는 무술의 기본이었다. 마보로 몸을 완벽하게 만들어야 움직이는 것을 배울 수 있다.

그래서 정씨가 도장을 냈다가 망한 것이다. 재미없고 힘든 마보를 몇 년은 해야 다음 것을 배울 수 있으니, 망하는 것이 당연했다.

전통 무술이나 중국 무술도 이런 이유로 도장이 별로 없는 것이다.

요즘에는 재미있고 쉽게 따라 할 수 있는 스포츠화된 무술이 팔리는 세상이었다.

그러나 천형 같은 체질을 극복해야 하는 정수는 옛날식

으로 무식하게 배워야 했다.

"엉덩이를 앞으로 밀고 자세를 낮춰라. 그리고 이렇게 머리부터 발끝까지 부드러운 흐름을 만들어야 해."

정씨는 정수의 마보 자세를 세심하게 잡아 주었다.

기본은 정확하고 완벽하게 익혀야 했다. 말 그대로 완벽하게 익혀야 다음 단계의 기술도 배울 수 있었다.

"아저씨, 다리가 아파요."

"아저씨? 뭐, 스승이라고 하기도 그렇고, 때리면서 가르칠 수도 없지. 아파도 참아라. 내가 배울 때는 몽둥이로 맞으면서 배웠다. 그걸 참고 해야 네 몸도 건강해질 수 있다."

정수가 아저씨라고 부르자 정씨는 잠시 화가 솟구쳤다.

그러나 돈을 받아 가르치고, 근골도 보통이라 정수를 제자로 키운다는 생각이 없었다.

그래서 호칭 문제는 그냥 넘겼다.

제자로 가르친다면 몽둥이를 들고 철저히 가르쳐야 했다. 비전의 전수는 설렁설렁하게 할 수 없는 문제였다.

그러나 정수는 건강을 위해 수련하는 아이였다. 근골도 비전을 배울 자질이 아니었다.

물론 정씨도 비전을 제대로 이은 것이 아니었다. 정씨도 배우다 만 상태였다.

그래서 이렇게 어정쩡한 생활을 이어가는 것이다. 정씨는 무술가도, 도인도, 속세인도 아닌 어정쩡한 사람이었다.

"네, 그런데 다리가 아픈데……."

"참고 버텨라. 기운이 차고 넘쳐 몸을 감쌀 정도로 하려면 십 년도 짧다."

"십 년이요?"

"열심히 해도 십 년이야. 나도 그렇게 청춘을 허비했지. 하여간 절대 일어서지 말고 지쳐 주저앉을 때까지 해라. 나는 잠깐 나갔다 오겠다. 내일은 네가 지낼 절에 데려다 주겠다."

"네, 참지 못할 때까지 해 볼게요."

"그럼 계속하고 있어라. 난 볼일 좀 보고 오겠다. 저녁이 되면 방에서 쉬고, 밥은 저기 밥통에 있다."

"네."

정수는 십 년이라는 소리를 들었지만, 다리가 너무 아파 한 귀로 흘렸다.

신경이 온통 끊어지도록 아픈 다리에 가 있었다. 말을 듣고 반문은 했지만, 머리에 남지 않았다.

이때 정수가 십 년이나 산에서 살아야 하는 것을 알았다면 울며불며 난리를 쳐서 수련을 하지도 않고 산으로 따라 올라가지도 않았을 것이다.

정씨가 볼일이 있다며 나갔지만, 정수는 다리가 아파도 참고 계속 마보를 섰다. 열심히 해서 빨리 집에 가려는 생각에서였다.

그나마 정수가 버티고 있는 것은 효과가 있기 때문이다. 마보를 서니 간지러움이 줄어들고 있었다.

마치 피가 안 통해 먹먹했던 피부에 피가 도는 느낌이었다. 힘들수록 가려움이 없어지고 시원해졌다.

정수는 어려서 산만하고 정신력이 약하지만, 당장 효과가 있으니 힘든 마보를 버티고 있었다.

수련하는 정수를 집에 두고 정씨는 읍내로 향했다.

"어머, 사장님. 오랜만이네? 귀한 약초라도 캐셨어?"

"그래, 좋은 것 하나 잡았다."

"호호, 그럼 오늘 화끈하게 놀아 봐요."

"흐흐, 김 양, 오늘 내가 책임질게."

"사장님 최고!"

읍내에 온 정씨는 다방을 찾았다. 가끔 돈을 벌면 여자를 찾아 들르는 다방이었다.

확실히 정씨는 도인도, 속세인도 아닌, 어정쩡한 상태였다.

"으윽, 힘들어. 잠깐 쉬어야지."

정수의 다리가 후들거렸다. 근육이 한계에 이르면 저절로 떨리게 된다.

다리가 덜덜 떨리자 정수는 그만 일어나 다리를 주물렀다.

한참을 쉬고 다시 마보를 서려고 했다.

그러나 다리가 너무 아파서 쉽게 마보 자세를 잡지 못했다. 긴장이 풀렸다가 다시 고통스런 수련을 하려니 쉽게 의지를 세우기가 어려웠다.

힘든 수련을 스스로 하는 것이 쉽지가 않았다.

의지가 굳건한 사람도 뼈를 갈고 근육을 다지는 수련을 홀로 하는 것은 어려웠다.

곁에 몽둥이를 들고 있는 스승이 있어야 한계를 넘는 수련도 할 수 있었다.

"어두워지네. 배고픈데 밥이라도 먹을까?"

머뭇거리던 정수는 조금씩 어두워지자 정씨의 말대로 밥통에서 밥을 덜어 먹었다. 아직 아이라서 부엌을 뒤져 반찬을 찾는 넉살은 기대할 수 없었다.

"엄마, 훌쩍."

몸도 힘들고, 낯선 집에 혼자 있고, 반찬도 없이 밥을 먹자 서러움이 한꺼번에 밀려왔다.

그러나 여기에는 울음을 듣고 정수를 달래 줄 사람이 없었다.

정수는 크게 울어 봤자 소용없다는 것을 깨닫고, 조용히 훌쩍이며 어서 건강해져 집으로 갈 각오를 다졌다.

어린 나이에 쉽지 않은 상황이지만, 정수에게 다른 선택지는 없었다.

그래도 집안에 돈이 있고, 헌신적인 어머니가 있기에 명의를 만나 건강해질 희망이라도 가지게 되었다.

물론 앞으로 정수에게는 외롭고 힘든 긴 시간이 기다리고 있었다.

다음 날, 피부가 해사해져 돌아온 정씨는 정수를 데리고 속리산 자락을 올랐다.

정수는 전날의 수련으로 다리가 불편했지만 밤새 훌쩍이며 세운 각오가 있었다.

그리고 정씨 역시 친절한 성격은 아니었다. 투정을 부려도 받아 줄 사람이 없는 것이다.

"빨리 와라."

"헉헉~ 네."

강룡사.

오후가 되어서야 둘은 산속의 절에 도착했다.

스님 세 명과 살림을 하는 할머니 한 분밖에 없는 작은 절이었다.

사람이 많이 다니는 등산로도 아니라 더욱 작아 보이는 절이었다.

정씨가 오자 주지로 보이는 나이 든 스님이 맞이했다.

그런데 안면은 있어 보이는데, 딱히 반기는 분위기는 아니었다.

물론 정씨도 좋은 표정은 아니었다.

"처사께서 어쩐 일입니까? 저 아이는 또 뭐고요?"

"내가 맡은 아이요. 돌팔이가 이 아이는 수련을 해야 한다고 처방을 내렸다 하오."

"그러면 잘 가르치지 여기는 왜?"

"내가 아이를 돌볼 처지요? 매달 시주할 테니 잘 좀 데리고 있어 주오."

"우리가 산속에서 편히 노는 줄 아십니까? 우리도 수도하느라 바쁩니다. 제자는 스승이 돌봐야 하지 않겠습니까?"

"아이가 똘똘하오. 그리고 할망구가 돌보지 스님께서 돌볼지는 않을 것 아니오? 한 달에 15만 원 드리겠소."

"여기는 고아원이 아닙니다."

"20만 원."

"요즘 물가가 올랐는데……."

"부식이야 종단에서 나오지 않소? 25만 원. 아니면 도천사로 가고……."

"흠, 관상이 묘하군. 수련을 할 근골은 아니고…… 이건 무당의 팔자인가? 어허, 이것도 인연이지."

줄다리기를 하던 둘은 25만 원으로 하숙비를 확정했다.

의식주는 종단에서 지원하지만, 살림살이는 시주에 의존해야 해서 어려운 절은 많았다.

그리고 이제는 밥만 먹고 살 수 있는 세상도 아니었다. 절에도 돈이 필요한 세상이었다.

옛날에야 절에서 공부하거나 요양한다고 머무는 사람이 많았지만, 이제는 다 옛날이야기였다.

하다못해 등산로에 있거나 신도라도 많이 찾아야 절의 살림이 넉넉할 수 있는데, 그런 점에서 강룡사는 가망이 없었다.

그런데 인연이라는 말에 정씨가 성질을 부렸다.

"인연은 개뿔? 정수야, 그런 말 믿다가 나처럼 인생 종친다. 너도 어서 건강해져 여자도 만나고 인생을 즐기도록 해라."

"네에."

"어허, 선재로고. 그런데 어설프게 배운 처사께서 감당하실 수 있겠습니까?"

"어딜 어설픈 사이비하고 나를 비교합니까? 내가 다 배우지는 못했어도 어디 가서 맞고 다닐 실력은 아니여!"

"이것도 인연이니 잘 가르치십시오. 요즘 어린 제자 구하기가 쉽지 않습니다. 고아를 데려와도 납치라고 하는 세상이니 원, 이러다가는 비전들이 다 끊기겠습니다."

"요즘 세상에 수도가 필요합니까? 중요한 건 돈입니다. 스님도 법력 좀 과시해서 사모님들 홀려 시주라도 받으십시오. 스님도 나이 들면 돈이 있어야 봉양 받을 수 있는 세상입니다."

"아미타불. 불민한 제가 법력이 어디 있겠습니까? 허허."

이후 정수는 강룡사에 하숙하게 되었다.

말 그대로 하숙이었다. 절에서 먹고 자는 하숙생이었다.

정씨는 약초를 캐러 산에 들를 때 가끔 와서 마보를 교정하며 수련을 봐주는 정도였다.

정수가 배우고 수련하는 것은 마보 하나였다.

물론 이렇게 수련하는 것이 제대로 익히는 것이다.

수련은 배우는 것이 아니라 익히는 것이다.

많이 배웠다고 많이 수련했다고 할 수는 없었다.

하나를 배워도 제대로 익혀야 진정한 수련이었다.

뿌리를 깊게 하고 기본을 튼튼히 하는 것이 제대로 익히는 것이다.

물론 홀로 수련하는 어린 정수가 제대로 수련할 수는

없었다. 힘들 때마다 쉽게 자세를 풀고 게으름을 피우고 있었다.

그래도 할 것이 수련밖에 없는 산속 절이었다. 은근히 관심을 두는 스님들 때문에 방에서 뒹굴며 게으름을 피울 수도 없었다.

그래서 절 근처에 비어 있는 암자가 있어 그곳에서 홀로 수련을 하고 있었다.

보통 절 주변에는 딸린 암자도 있고, 수련을 하는 토굴도 많았다. 하지만 이제는 절에 머무는 사람이 없으니 주변은 온통 정수의 놀이터였다.

그리고 정수는 부모님과도 하루에 한 번 통화를 했다.

등산로가 아니라 휴대폰 신호는 약하지만, 유선전화는 있었다. 이런 산속 절에도 전기와 전화가 있는 세상이었다.

정수의 아버지는 원래 바로 내려와 정수를 데려가려 했다. 아이를 처음 보는 사람에게 맡긴 부인이 미쳤거나 사기라도 당한 것으로 생각한 것이다.

그래도 부인의 필사적인 뜻을 꺾을 수가 없고, 정수가 절에서 지내는 것을 확인했기에 한 달을 참은 것이다.

만약 정수를 정씨가 맡고 있었다면, 부인이 무슨 말을 해도 바로 다음 날 정수를 찾았을 것이다.

정수는 부모님과의 전화를 위안 삼아 산속 생활을 참고 있었다.

그리고 무엇보다 할머니가 있었다. 절의 살림을 해 주는 할머니는 정수를 친자식처럼 돌보고 있었다.

"할머니~"

"아이고, 우리 새끼. 수련 열심히 하고 왔어?"

"응, 할머니. 열심히 했어."

"아이고, 귀여운 내 새끼. 얼른 밥 먹자."

스님들은 어린 나이에 고생하는 정수를 불쌍히 여겼지만, 수도자로서 감정 표현을 삼가고 있었다.

그리고 정수는 도가의 비전을 익히고 있었다.

어린아이가 아니라 수도자였다. 하여 나이가 어리다고 어린이처럼 대하지 않고 있었다.

그러나 절의 살림을 돌보는 할머니에게는 손자일 뿐이었다. 자연스러운 본능 같은 돌봄이라 누가 막을 수도 없었다.

아이인 정수는 할머니 때문에 힘들고 외로운 절에서 버틸 수 있었다.

한 달이 흘러갔다.

정수도 차차 절의 생활에 익숙해져 갔다.

몸도 건강해져 갔다.

산속의 깨끗한 공기, 오염없는 절의 음식, 계속되는 수련으로 정수는 더 이상 피부를 긁지 않게 되었다.

건강해지고 있어 아직 참고 있는 것이다.

아이가 이성적으로 생각할 리가 없었다. 얼른 나아서 집에 돌아가는 희망이 없었다면, 투정을 부리고 난리를 쳤을 것이다.

킁킁.

"이게 무슨 냄새지? 담배 냄새인가? 화장품 냄새도 나네?"

점심을 먹던 정수는 코를 킁킁거렸다.

속이 울렁거리고 피부가 일어서는 것 같은 냄새를 맡은 것이다.

"왜? 담배 냄새가 나? 등산객인가?"

"응, 담배 냄새 같아. 피부가 또 간지러워."

"그럼 얼른 먹고 암자로 가라."

정수가 절에서 벗어나 암자에서 수련하는 이유가 따로 있었다.

정수는 이제 몇 백 미터 거리에서도 자극적인 냄새를 느끼고 있었다. 몸이 정화되고 있는 것이다.

전에는 몰랐지만, 절에서 살다 보니 무엇이 자신을 자극하는지 느끼게 된 것이다.

절에 지낸 지 몇 주 만에 얻게 된 능력.

아니, 능력이라기보다 체질이라 할 수 있는 재능이었다.

정수는 얼른 나물비빔밥을 먹고 나서 수련하는 암자로 몸을 피했다.

그러나 얼마 후, 정수를 부르는 할머니의 소리를 들었다.

"정수야."

"네, 할머니."

할머니의 부르는 소리에 정수는 절로 돌아왔다.

그런데 부모님이 있었다.

"엄마!"

"그래, 내 아들. 흑흑, 잘 있었어?"

"응, 잘 있었어."

"몸은 어때?"

"이제 괜찮아. 나 이제 집에 가는 거지?"

정수는 부모님 오자 이제야 집에 가는 것으로 생각했다. 이제 건강해졌으니 부모님이 데리러 온 것으로 생각하고 있었다.

그러나 아직 정수는 집에 갈 수가 없었다.

"어어, 이거 또 그런다."

정수는 한 달 만에 보는 어머니 품에 안겼다.

그러나 엄마의 몸을 안자 피부에 발진이 일어났다. 엄마의 몸이 닿은 부위만 그런 것이다. 곱던 피부가 금세 벌겋게 부어올랐다.

현대인의 몸과 옷은 화학물질 덩어리였다. 먹는 음식과 입는 옷까지 화학물질의 산물이었다.

끗한 곳에 살며 더욱 예민해진 정수의 피부는 강한 자극에 한껏 성을 내었다.

"아이고, 우리 아기. 어서 계곡물에 몸을 씻어라!"

"네, 할머니. 엄마, 잠깐 씻고 올게."

깊은 산속의 계곡물은 뼛속까지 시린 물이었다.

그러나 맑고 서늘한 계곡 물은 발진이 일어난 정수에게 천연 치료제였다.

"흑흑, 우리 애기……."

"정수는 담배 냄새도 못 견뎌 합니다. 아까도 십 분 전에 담배 냄새가 난다고 해서 암자로 피했습니다."

"네에, 정 선생님께 정수를 잘 돌봐 주신다는 말씀을 들었습니다. 우리 정수 잘 돌봐주셔서 감사합니다."

"내 손주 같아서, 정수는 내가 잘 돌보겠습니다."

"감사합니다. 저는 정수가 건강하기만 하면 됩니다."

"정수가 절 음식도 잘 먹습니다. 화학조미료가 없어서 그런 것 같습니다."

"화학조미료요?"

"인공적인 것은 다 자극이 되는 것 같습니다. 그래서 옷도 제가 입던 모시 승복을 입혔습니다."

"그렇군요. 그럼 이 옷들은 다시 가져가야겠군요."

정수가 계곡으로 가자 할머니는 어머니에게 정수의 근황에 대해 알려 주었다.

정수의 어머니도 자연적인 것이 좋다는 것은 알지만, 도시에서는 어려운 생활 방식이었다.

둘은 정수의 일로 이야기꽃을 피웠다.

노스님도 오후 예불이 끝나자 모습을 드러냈다.

"정수 부모 되는 사람입니다. 아이를 맡아 주셔서 감사합니다."

"산사에 아이가 들어와 적막하지 않게 되었습니다. 허허."

"저희도 정수가 산사에 잘 적응해 마음을 놓을 수 있게 되었습니다."

"다 인연이지요."

"아이가 건강해 보여서 더 바랄 것이 없습니다."

"아직 정수가 속세의 기를 견디지 못합니다. 정 처사가 가르치고는 있지만, 경지에 오르는 것이 쉽지는 않을 겁니다."

"다 팔자라 생각하고 있습니다. 아이가 건강해 보여 걱정을 덜었습니다."

정수의 부모는 노스님과 덕담을 나누며 정수의 앞날에 대해 얘기했다.

그리고 정수의 부모는 노스님에게 봉투를 내밀었다. 정수를 돌봐주고 있으니 시주를 하는 것이다.

"그리고 생활비를 시주하고 있지만…… 정수를 돌봐주셔서 감사합니다. 필요한 곳에 사용해 주십시오."

"어험, 뭘 이런 걸. 정수를 잘 돌보고 있으니 마음 놓고 계십시오."

곧 계곡물에 몸을 담가서 발진을 가라앉힌 정수가 돌아왔다.

"엄마, 아직 안 갔지? 나 다 나았어. 그동안 괜찮았는데 오늘만 아픈 거야. 나 집에 가도 되지?"

정수가 집에 가도 되냐고 묻자 부모님은 뭐라고 해야 할지 할 말이 없었다.

정수의 아버지는 원래 오늘 정수를 데려가려고 왔다.

정수가 절에 머물고, 부인이 결사적으로 막아서 한 달이나 참은 것이다.

그러나 한 달 만에 정상적인 피부를 찾은 정수가 자신들로 인해 다시 발진이 일어난 것을 보니 차마 입을 열지 못했다.

아직 무술가인 정씨에 대해서는 의구심을 가지고 있지만, 절에서 지내는 효과는 인정할 수밖에 없었다.

정수의 어머니도 그저 눈물만 흘릴 뿐, 입을 열지 못했다.

그리고 그때, 결정적인 한 방이 있었다.

주르륵, 주르륵.

정수의 코가 붉어지며 콧물이 폭포처럼 흘렀다.

"정수야, 너 코가!"

"냄새가 좀 매워서 그래요. 콧물 정도는 괜찮아요."

이미 정수의 몸은 냄새 탐지기 수준이었다.

자극이 있으니 바로 반응하고 있었다.

"흑흑, 그래. 그럼 수련하러 가야지."

"훌쩍, 나 이제 건강해. 그리고 나 이거 배웠다."

정수는 멀찍이 떨어져 마보를 서며 배운 것을 자랑했다.

"그래, 우리 아들 잘하네. 열심히 해서 얼른 몸이 나아야 한다."

"에이, 훌쩍, 거의 나았는데, 정말 다 나았는데……."

정수도 이미 눈치채고 있었다. 엄마에게 안기지도 못하고, 자극적인 냄새로 가까이 다가가지도 못하고 있었다. 떨어져 있어도 콧물이 주르륵 흐르고 있었다.

이제 다시 몸이 아파서 집에 돌아가지 못하게 되었다고 생각했다.

그래서 말끝을 흐리며 다 나았다는 말을 반복하며 아쉬워했다.

"정수야, 열심히 수련해야 몸이 건강해져서 집으로 가지. 엄마가 한 달 후에 또 올게. 그때 나으면 집에 가자."

"응. 한 달 후에 꼭 와야 돼. 그때까지 다 나아 있을
게."

정수는 콧물을 훌쩍이고, 눈물을 글썽거리며, 몸을 돌
려 암자로 뛰어갔다.

갑자기 몸이 다시 아파서 엄마와 함께 집으로 돌아가
지 못하자 너무 억울해 혼자만의 공간인 암자로 향한 것
이다.

"우리 정수 이 산속에서 어떡해요. 그냥 데려가야겠어
요. 집을 친환경 소재로 꾸미면 되지 않겠어요?"

"우리에게 가까이 오지도 못하는데 그 정도로 되겠소?
그리고 건강해진 게 어디요. 밤에도 몸을 긁으며 뜬눈으
로 새는 것보다는 당분간 여기서 지내는 것도 괜찮겠소.
초등학교 입학할 때까지만이라도 여기서 요양을 시킵시
다."

정수가 울며 달려간 모습에 어머니는 마음이 흔들렸다.

그러나 절에서 지내는 효과를 직접 확인한 아버지가 이
제 더 적극적이었다.

"그래도……."

"나도 혹시 했는데, 정말 진단과 처방이 맞지 않소. 곧
건강해져 돌아올 수 있을 거요."

"그렇죠, 건강해지겠죠."

"그만 돌아갑시다. 아까 안을 때 아이 피부가 빨갛게

일어나지 않았소. 우리가 방해만 하는 것 같소."

"흑흑, 다음에 올 때는 옷차림과 화장을 신경 써야겠어요."

"그럽시다."

자신들이 정수를 아프게 한다는 것을 알게 되자 부모는 서둘러 돌아갔다.

원래 절에서 하룻밤 지낼 생각이었지만, 머물러 봤자 아이만 아프게 할 뿐인 것을 알았다. 둘은 더 늦기 전에 산을 내려갔다.

이제 정수는 온전히 혼자가 되어 수련에만 몰두하게 되었다.

한 달이 두 달이 되고, 해가 넘어갔다.

한 달에 한 번 부모가 찾아오지만, 둘을 만날 때마다 정수의 발진이 심해졌다.

부모를 만날 때마다 발진이 일어나자 정수도 차츰 집에 돌아갈 수 있다는 희망을 버리게 되었다.

나이가 들어 의무교육인 초등교육을 받아야 할 시기가 되었지만, 산 아래 사람을 만나기만 해도 온몸에서 벌겋게 발진이 일어났다.

초등학교는 의무교육이지만 질병으로 인해 다니지 못하게 되었다.

그래도 수련이라는 희망이 있었다.

아직 수련하면 몸이 낫는다는 말은 믿고 있는 것이다.

우르르릉~

정씨가 가볍게 지르는 주먹에 굵은 나무가 몸을 떨었다.

자세를 잡지도 않고 편하게 지르는 주먹이었다.

하지만 내공이 높아서인지 진각의 기법이 없이도 발경이 가능했다.

"우와!"

"봤지? 이 정도만 하면 그런 체질은 극복할 수 있을 거다. 열심히 해 봐라."

"네, 네. 정말 마보만 열심히 하면 그렇게 할 수 있는 거죠?"

"그럼. 아주 열심히 하면 돼."

시골 아저씨 같은 모습만 보이던 정씨가 고수의 한 수를 보여 주었다.

정수가 집에 돌아간다는 희망을 잃고 수련을 하지 않자 흥미를 높이려 보여 준 것이다.

정수를 가르치는 값으로 매달 백만 원을 받고 있으니, 돈값을 한 것이기도 했다.

그래도 외문제자 정도는 되는 셈이니 시범을 보인 것이다.

그리고 진짜 스승이라면 몽둥이를 들어서라도 혹독하게 가르치겠지만, 정식 사제 관계는 아니니 당근을 보여주며 부드럽게 가르치고 있었다.

물론 이 경지까지 이십 년이 걸렸고, 온몸이 부서지도록 힘들게 수련했다는 말은 하지 않았다.

시범의 영향으로 집에 돌아갈 희망을 잃었던 정수는 다시 수련이라는 희망을 잡았다.

이후에 정씨는 한 달에 한 번 정도만 찾아왔다. 돈값을 못하는 행위였지만, 사실 더 가르칠 것도 없었다.

그래도 곁에서 다그치고 수련을 봐주면 더 진척이 있겠지만, 정씨는 이 정도면 돈값을 했다고 여기고 자주 찾지 않았다.

당연히 정수 홀로 뼈를 깎는 고련을 하기란 어려워 진전은 느렸다.

찾아올 때마다 눈물짓던 어머니도 둘째가 생기자 뜸해졌다.

정수가 절에서 잘 지내고 건강해지자 부부는 둘째를 가진 것이다. 정을 쏟을 정수가 없으니 새 아이를 가진 것이기도 했다.

나이가 차츰 들고 산속 생활에 익숙해진 정수도 부모의 정을 잊어 갔다.

할머니도 있으니 가끔 보는 부모는 차츰 낯선 사람이

되고 있었다.

　그렇게 한 달이 일 년이 되고, 일 년이 십 년이 되어 갔다.

2
은정

辟踊行路咸以餞之辟踊行路咸以餞之

春秋六十有二其年春秋六十有二其年

辟此下方魅乾他方辟此下方魅乾他方

基

永信三年七廿一日

路賢人同鬼神所

路賢人同鬼神所

西山之

西山之

정수는 너무 예민한 체질이었다.

그래서 요양 겸 치료 목적으로 산에서 수련을 하게 되었다.

병원은 치료는커녕 병의 원인과 병명도 밝힐 수 없어 한의사가 알려 준 대로 수련으로 체질을 극복하려는 것이다.

그러나 수련으로 체질을 쉽게 고칠 수는 없었다.

정수는 결국 어린 시절과 청소년기를 절에서 수련만 하며 보내게 되었다.

"아, 심심해. 부적노인은 안 오나? 그 노인네가 오면 선물도 있고, 재미있는 이야기는 많이 해 주는데……."

정수도 이제 어른이 되어 있었다.

나이도 18살이고, 키는 180을 넘고 있었다.

수련의 진전은 크게 없지만 몸은 강건해져 있었다.

발진도 예전처럼 심하지는 않았다.

아직 자극이 괴롭지만 어렸을 때처럼 발진이 순식간에 벌겋게 일어나는 수준은 아니었다.

그래도 산을 내려갈 수는 없었다.

약한 자극은 견딜 수 있지만, 차만 타도 콧물이 폭포처럼 흐르고 차츰 피부가 붉어졌다.

차도가 있지만 완치 수준은 아니었다.

정수는 요사채 마루에서 구르며 시간을 때우다 나물을 다듬는 할머니에게 한탄을 했다.

"할머니, 우리도 케이블 TV 연결해요. 도천사에는 인터넷도 있잖아요. 전화선만 있으면 케이블과 인터넷도 다 된다는데……."

"나도 그러고 싶은데, 노스님이 안 된단다. 심심하면 도천사에 가서 놀아라."

"에이, 노스님은 완전 구식이야. 부적노인이 시주한다고 했는데……."

"그 사이비는 만나지 말라고 했잖아. 그 노인네 말을 듣다가는 박수가 된다."

"부적 노인네가 돈은 잘 벌잖아요. 차도 벤츠잖아요.

부적노인이 오면 도천사의 주지가 나와서 인사한대요."

"떽! 그 노인네와 상종하면 안 된다."

"저도 점쟁이 할 생각은 없어요. 심심하니까 그러죠. 우리도 케이블 TV와 인터넷 좀 연결해요."

"그만 수련하러 가라. 어서 몸이 나아야 산을 내려가 색시를 구해 장가를 가지."

"네. 하여간 장씨가 제대로 안 가르쳐 준 것 같아요. 십 년을 넘게 했는데 아직 멀었잖아요."

"장 처사 사부가 아주 유명한 도인이야. 장 처사가 껄렁하기는 해도 거짓부렁을 할 성격은 아니니 열심히 해라. 우리 손자 장가가는 것은 봐야 하는데……."

"알았어요. 얼른 몸이 나아 색시 데려올게요."

정수는 할머니에게 응석을 부리다 암자로 돌아갔다.

정수도 산에서 수련으로 청춘을 보내는 것이 즐거울 리는 없었다.

그리고 열심히 수련해야 하는 것을 알지만, 머리가 커지니 수련의 의욕은 점차 떨어지고 있었다.

"어? 어르신, 오셨습니까?"

암자에는 정수가 부적노인이라는 부르는 송인수가 있었다.

송 노인은 부티가 흐르고 있었다. 한복을 입고 있는데,

재질이 실크인데다 금으로 수가 놓여 있었다.

그런 한복을 입고 이 산속에 오른 것도 신기한 일이었다.

그런데 정수는 스승이라고 할 수 있는 정씨가 왔어도 말을 높이지 않는데 부적노인에게는 말을 높였다.

나이 때문에 공경하는 것이 아닌, 돈 때문이었다.

정수도 세상 돌아가는 것을 알아서 돈 많은 송 노인은 대우하고 있었다.

"오, 제자 왔는가? 할망구 때문에 여기로 왔네. 이것 좀 들게, 이건 산삼을 넣은 탕재야. 내공에 조금은 도움이 될 거야."

돈 많은 송 노인이 어려워하는 자는 할머니뿐이었다. 돈이 먹히지 않기 때문이다.

그런데 송 노인은 정수에게 제자라는 말을 했다. 정수가 부적노인으로 부르는 것처럼 부적을 가르치는 모양이었다.

그리고 송 노인은 올 때마다 여러 선물을 들고 왔다.

그래서 정수는 더욱 돈의 위력을 느끼고 있었다.

정씨는 돈을 뺏어가지만, 부적노인은 돈을 안겨 주며 가르치니 마음이 기우는 것은 당연했다.

그래도 스승이라는 말은 하지 않았다. 그저 어르신이라고 부를 뿐이었다.

정수도 비전을 수련하다 보니 스승이라는 말의 의미를 느끼고 있었다.

부적노인도 정수에게 제자라고 말은 하지만, 스승 노릇을 할 수 있는 처지는 아니었다.

정수에게는 스승이라고 할 수 있는 정씨가 있었고, 수련도 도가의 정통 비전을 잇고 있었다.

그리고 결정적으로 부적노인은 정수에게 큰소리 칠 입장이 아니었다.

오히려 선물을 주며 아부를 해야 하는 입장이었다.

부적의 전수 때문이었다.

"할머니야 옛날 분 아닙니까? 어르신이 이해하십시오."

"뭐, 마음 넓은 내가 참아야지. 그런데 내가 준 부적은 다 익혔나?"

"네, 시간 날 때마다 그려서 이제 다 외웠습니다."

"문양이 중요한 것이 아니라 기운을 싣는 것이 중요해. 시간 날 때마다 내가 준 부적을 보며 기운을 느껴 보게. 획마다 다른 기운을 넣어야 하는 것이 어려워."

"네, 차츰 기운의 차이가 느껴지고 있습니다."

"특히 색기를 쫓는 도화살부가 돈이 되고 만들기도 쉬워. 액을 막는 부적은 만들기도 힘들고 효과가 드러나는 것도 아니지만, 수련 삼아 만들고……."

"네, 어르신. 잘 기억하고 있습니다."

"하여간 제자는 재능이 있어. 그래서 내가 이렇게 공을 들이는 거야. 내 부적술을 배우겠다는 놈들은 많지만 이 건 재능이 있어야 배울 수 있는 거야. 그리고 옛날이야 박 수니 점쟁이니 하며 얕잡아 봤지만, 요즘에는 용하다는 소문만 나면 출세하는 거야. 도화살을 쫓는 부적만 만들 수 있으면 높으신 부인네들이 돈을 싸 들고 와서 한 장만 달라고 설설 기어. 내 부적 하나에 집 한 채야."

부적노인이 돈을 쓸어 담는 것은 부적이 정말 효과가 있기 때문이다.

노인의 말처럼 색기를 쫓는 도화살 부적은 집 한 채 값 으로 팔리고 있었다.

부유한 사모님의 가장 큰 걱정 중 하나가 남편의 바람 기였다.

지나가는 바람이야 참고 살 수 있지만, 여자에게 홀려 서 가정을 깨는 것을 걱정하는 것이다.

물론 부적이 인간의 의지를 꺾을 수는 없었다.

그러나 환경은 바꿀 수 있었다.

도화살 부적을 바람을 피우는 남편에게 쓰면, 훈훈한 봄날 같던 기운이 한겨울 찬바람이 된다.

여자에게 홀려 헤롱헤롱 하던 정신을 뻔쩍 나게 한다는 말이었다.

취한 사람에게 찬물을 뿌려 주는 식이었다.

그리고 술에 깨서 또 술을 먹을 수도 있지만, 대부분 집에 돌아가는 법이다.

이성을 되찾은 남편이 가정을 깨는 경우는 거의 없었다. 그렇게 도화살부의 성공률이 높으니 비싸게 팔리는 것이다.

문제는 찬물을 뿌리려면 내공과 도력을 담아야 하는 데 있었다.

진짜 효과있는 부적은 재능과 수련을 거친 주술사가 부적에 기운을 담아야 한다.

수련이야 시키면 되지만, 재능이라는 문제는 보이지도 않아서 애매한 문제였다.

기운을 종이에 담는 것은 발경보다 어려운 기술이었다. 수련이 아니라 재능이 있어야 하는 것이다.

그러나 정수는 좌도에 재능이 넘쳤고, 내공의 기초도 있었다.

고질에 대해 진단을 내린 심 의원의 말처럼 정수는 신내림을 받기 좋은 체질이었다.

귀신이나 부적을 다루는 좌도에 재능이 있다는 말이었다.

무술이나 호흡법을 수련하는 정통 수련인 우도는 재능도 중요하지만 끈기가 있어야 한다.

정수처럼 근골이 나빠 무도에 재능이 없더라도 어느 정

도는 가르칠 수 있었다.

몸으로 하는 것이니 느리더라도 진전은 있었다.

그래서 대성은 어렵지만 소성 정도는 누구나 익힐 수 있다. 뛰어난 재질을 가진 제자가 없어도 어느 정도 비전을 전할 수 있다는 말이었다.

그러나 귀신을 부리거나, 점을 치거나, 약을 만드는 좌도는 재능이 없으면 입문조차도 어려웠다.

세상이 바뀌어 정수 같은 제자는 찾기도, 가르치기도 어려웠다.

이제는 스승보다 제자가 귀한 세상이었다.

그런 이유로 송 노인 외에 정수를 찾아오는 노인들이 많았다.

그래서 송 노인이 정수에게 선물 공세를 하는 것이다.

경쟁자가 많았다. 정수가 비전을 이어 주지 않으면 전수가 끊기게 된다.

"요즘 세상에 그런 구분이 있나요? 어떤 분야든 세계 최고만 되면 부와 명성을 얻는 세상 아니겠습니까?"

"그렇지. 누구나 최고를 찾기 마련이야. 이런 분야도 급하면 찾을 수밖에 없고, 당연히 최고를 찾지. 제자는 앉아만 있어도 떼돈을 벌 수 있어. 지금이야 고질을 고쳐야 하는 문제가 있지만, 속세에만 나오면 내가 팍팍 밀어 줄게. 내가 죽기 전에 자네 같은 제자를 둬서 다행이야."

"송구합니다, 어르신."

송 노인이 정수를 팍팍 띄워 주며 제자라고 하지만, 정수는 여전히 어르신이라 호칭하고 있었다.

아쉬운 것은 송 노인이기 때문이다. 찾아오는 노인들이 많아 일일이 스승 대우를 할 수도 없기는 했다.

"우리 같은 노인네는 후손이 없는 것보다 비전을 전하지 못하는 것이 더 두려워. 요즘 세상에 비전을 잇기가 쉽지 않아. 천애고아라도 찾아보면 가족이 있고 친척이 있겠지만, 이 비전은 제자가 아니면 수천 년 역사가 끊기는 거야. 내가 제자 덕분에 죽어서도 스승님 볼 면목이 서네."

"열심히 배우겠습니다."

"그래. 그럼 한 번 신차귀주명법을 발휘해 봐라."

"네, 연습했던 것을 써 보겠습니다."

정수는 누런 괴황지에 배운 부적들을 차례대로 그려 갔다.

느리게 한 획씩 그려 문양을 완성했다. 부적마다 특유의 주문을 외우고, 기운을 달리 넣어야 해서 한 획마다 정신을 집중해야 했다.

정수는 아직 내공과 도력이 부족하지만, 그것은 시간이 해결해 줄 문제였다. 지금도 재능과 수련의 깊이가 있는 정수였다.

이미 부적의 한 획마다 기운이 어리고 있었다. 게다가 미묘하게 다른 기운이 맺히고 있었다. 이제 음양을 구분하고, 농도를 구분할 정도였다. 오행과 칠성의 기운도 흉내는 내고 있었다.

송 노인은 그런 정수의 모습을 보며 흐뭇한 미소를 지었다.

"허헉, 그런데 어르신 사문의 이름은 뭡니까? 책을 봐도 문파 이름이 없습니다."

부적도 제대로 쓰려면 정기신을 소모해야 했다.

하여 부적을 그리다 힘이 빠진 정수는 평소 궁금한 것을 물었다.

바로 문파 이름이었다.

"딱히 이름은 없다. 그래도 물어보는 사람이 하도 많아서 내가 신차문이라고 지었다."

"보통 오래되면 문파의 이름이 있지 않습니까?"

"사람이 적으니 문파가 아니지. 옛날에도 제자는 많아야 세 명이었어. 중요한 것은 신차귀주명법이지. 그러니 무슨 법이나 술이라는 비전의 이름으로 호칭하는 편이다. 정 도인이 가르치는 것도 아직 이름을 모르지?"

"음, 마보를 배울 때 앙천광명이라는 말밖에 못 들었습니다. 소설 보면 안 그러던데……."

"그건 소설이지. 그리고 비전이 적고 사람은 많은 중국과 일본은 문파를 만드는 편이지. 머릿수가 많다는 건 비전이 별 볼일 없다는 의미야. 한 명의 제자를 구해서 비전을 가르치기도 힘든데 무슨 몇 백 명씩이나 가르치겠냐? 중요한 것은 제자에게 비전을 제대로 가르치는 거다."

"네."

정수는 노인들에게 가르침을 많이 받았지만 문파 이름은 듣지 못했다.

다 익히면 가르쳐 줄 것이라 생각했는데, 부적노인도 가르쳐 주지 않아 묻는 것이었다.

그러나 돌아오는 것은 사람이 적으니 문파가 없다는 대답이었다. 중요한 것은 비전이고, 전통적으로 비전을 잇는 사람이 적으니 문파 같은 것은 없다는 말이었다.

옛날에도 한반도에는 문파라고 할 수 있는 곳은 불교의 사찰 외에는 없었다. 사실 옛날부터 중국이나 일본처럼 도장 같은 것이 없기는 했다.

'머릿수가 힘인데……. 이러니 짱개에게 밀렸지. 그래도 나보고 수십 명을 가르치라고 하면 못하겠지. 다구리 안 당하게 조심해야겠네.'

정수는 문파는 없다는 대답에 다구리를 조심하자는 생각을 하며 부적을 그려 갔다.

요즘 정수는 본 수련보다는 좌도의 비전을 많이 수련하고 있었다.

송 노인 외에도 정수에게 비전을 전한 노인은 많았다. 어린아이가 산에서 수련을 했으니 정수에 대한 소문이 은근히 많이 퍼져서 찾아온 노인들이 많았다.

송 노인의 말대로 제자를 찾기 힘든 세상이었다.

게다가 좌도에 재능이 있다는 것을 알게 되자 더욱 많은 노인들이 정수를 찾고 있었다.

비전이라는 것은 수련자의 평생 노력의 정화이자 수천 년간 이어 온 가르침의 결정체였다.

누구도 자신의 대에서 그런 가르침의 대를 끊고 싶은 사람은 없었다.

그러나 좌도의 재능은 영력과 기질의 문제라 제자를 찾기가 까다로웠다. 근골처럼 눈에 보이는 것이 아니기 때문이다.

예전에게 신기가 있다는 아이를 찾아 제자로 삼았지만, 요즘 세상에는 그런 아이를 찾기도 힘들고, 찾는다고 해도 부모가 순순히 가르치기를 허락할 리가 없었다.

물론 요즘에도 도를 닦는다고 산을 찾는 자는 많았다.

그러나 대부분 신통력을 원하는 무속인들이었다. 재능 있고 어려서부터 착실히 수련한 인재는 찾아보기 어려웠다.

그런데 정수는 가공하지 않은 순수한 보석이었다.

요즘 세상에 정수처럼 어리면서도 기초가 탄탄한 수련

자는 없었다. 그런 이유로 비전을 한 자락이라도 가진 노인들은 정수를 제자로 들이기 위해 뻔질나게 암자를 찾고 있었다.

더구나 정수는 좌도에 재능이 있었다. 원래 박수가 될 체질과 팔자였다.

그동안 우도의 수련을 거쳐서 신을 받을 상태는 아니지만, 재능이 사라진 것은 아니었다.

게다가 정씨라는 스승이 있지만, 정씨 스스로도 스승이라고 생각하지 않았고, 정수도 마찬가지였다.

우도 정통의 비전을 잇는 노인들도 정수가 더 자라기만 기다리고 있었다.

정수가 근골이 보통이지만 체질상 평생 수련할 팔자였다. 재능이 없어도 계속 수련해야 하니 자신의 비전을 가르치려는 것이다.

다만 아직 정수의 기초가 튼튼하지 못해 기다릴 뿐이었다. 정수는 아직 뿌리를 다지는 수준으로 기둥을 세우지는 못하고 있었다.

하지만 기초만 넘는다면 다른 문파의 비전도 쉽게 배울 수 있었다.

문파마다 특성이 있지만, 만류귀종이었다. 완벽히 익히는 것은 어려워도, 비전을 이어 줄 수 있을 정도로 배울 수는 있었다.

그리고 송 노인처럼 때를 기다릴 필요가 없는 노인은 가끔 들러 비전을 전하고 있었다.

그중에서 송 노인이 가장 정수에게 공을 들이고 있었다. 정수를 자주 찾아 선물과 돈을 주며 수련의 진척을 확인하며 공을 들이고 있었다.

다행히 부적은 정수가 재능을 발휘할 수 있는 분야였다. 때문에 정수도 부적은 열심히 익히고 있었다.

정수도 부적이나 귀신 같은 것을 다루는 좌도의 수련을 멀리해야 한다는 것을 알고 있었다. 할머니의 경고도 있었지만, 산에 오래 있다 보니 그 정도는 알고 있었다.

수련은 정수가 익히는 무도 같은 것이 정통이었다.

높은 산을 오르려면 좌도 같은 지름길이 아니라, 우도 같은 큰길로 오르는 것이 끝이 좋았다.

그래서 정수는 여러 노인들이 가르친 비전을 기초만 익히고 있었다. 좌도의 비전은 쉽게 익힐 수 있어 보람도 있고 재미도 있지만, 수련을 위해 자신의 수련을 위해 자제하는 편이었다.

그러나 부적은 돈이 되었다.

정수는 아직 체질을 고치지 못해 장래 계획을 세우지는 않았지만, 생계에 대해서는 많은 고민을 했다.

곁에는 경지가 높아도 백수 같은 정씨가 있었다. 힘 좀 쓴다고 돈이 생기는 것은 아니라는 증거였다.

언제까지 부모의 신세를 질 수는 없으니 돈 벌 궁리를 하고 있었다. 나이가 들었다는 증거였다.

그래서 정수는 자신의 먹고살 길을 부적으로 정했다.

부적에 재능도 있고, 가르치는 송 노인도 부적이 돈이 된다고 계속 강조하고 있었다.

정수의 수련을 지켜보던 송 노인은 작별의 말을 하고 바람처럼 산을 내려갔다.

좌도 계통의 수련을 했지만 몸놀림이 범상치 않았다.

역시 그냥 최고가 되는 것은 아니었다.

송 노인도 어려서 많은 수련을 했던 사람이었다.

산을 내려간 노인은 정수의 스승인 정씨에게 전화를 했다.

"정 도인, 어딘가?"

—어르신이십니까? 제가 지금 시내입니다.

"그런가? 지나는 길인데, 이십 분 후에 터미널에서 보세."

—네, 어르신.

노인은 정씨와 통화를 한 뒤, 벤츠를 몰아서 약속 장소로 향했다.

부우웅~

힘이 느껴지는 소리를 내며 벤츠가 움직였다. 오래된

벤츠도 아니었다. 올해 나온 최신 모델이었다.

과연 도천사의 주지스님이 인사를 나오는 이유가 있었다.

그리고 전화로 약속을 잡은 정씨도 터미널에서 벌써 나와 기다리고 있었다. 이익이 있기 때문이다.

"어이구, 어르신. 오랜만에 뵙습니다. 또 정수에게 들르신 겁니까?"

"애가 워낙 똘똘해서. 그나저나 자네는 여전하구먼, 갈림길에서 어서 벗어나게."

"저야 그렇죠. 이제는 팔자려니 생각하고 있습니다."

"참 아까워. 이거로 미련이나 좀 털어 버리게."

"어이구, 뭐 올 때마다 이런 걸."

"그래도 자네에게 제자복은 있어. 참 인연이 묘해."

"제자라고 생각하지는 않고, 정수도 절 스승으로 생각하지 않습니다. 가르치시는 데 부담 가지실 필요 없습니다. 힘쓰는 것보다 어르신 가르침이 세상살이에 더 도움이 되지 않습니까?"

"다 인연이지. 그럼 미련 좀 털어 버리게."

노인은 들를 때마다 정씨에게 목돈을 주고 있었다.

제자를 빼앗은 미안함과 관리를 위해 돈을 주는 것이다. 노인에게는 그렇게 크지 않은 돈이기도 하니, 돈으로 정씨를 다독이며 관리를 하는 것이다.

노인의 말처럼 인연이자 제자복은 있는 것이다.

정씨는 또 목돈이 생기자 최근 공을 들이는 아가씨가 있는 다방으로 향했다. 노인의 말처럼 미련의 때를 조금 벗기러 가는 것이다.

쿵~ 팡! 쿵~ 팡!

정수의 청소년기가 끝나 가자 드디어 변화가 있었다.

차올랐던 물이 터진 것이다.

정수는 드디어 발경을 할 수 있게 되었다.

외기 발산의 시작이었다.

아직은 진각의 기법으로 억지로 끌어 올린 기운이었다.

그러나 중요한 진전이었다. 발경은 기초 수련이 완성되었다는 증거였다.

수련을 시작한 지 십여 년 만이었다.

스승이 옆에서 가르쳤으면 진전이 더 빨랐겠지만, 이제라도 된 것이 다행이었다.

발경에 성공하자 정씨도 정수에게 기본공을 가르쳤다.

그렇다. 기본공이다.

이제까지는 그저 기초였을 뿐이다.

기본공이라 이름도 없었다.

그저 기본공이고, 손발을 움직이는 방법을 알려 주는 간단한 권법이었다.

마보 이후로 정씨에게 처음 배우는 무술이었다.

그러나 이름처럼 멋있고 화려한 권법은 아니었다.

그저 손과 발을 쓰는 방법을 가르쳐 주는 수준의 안내서였다.

손을 길고 짧게, 빠르고 느리게, 원과 직선으로 움직이고, 중심을 유지하며 움직이는 방법을 가르치는 안내서였다.

이렇게 움직이며 손을 써야 한다는 수준이었다.

그러나 펼치는 모습을 보면 굉장한 절기로 보였다.

뻗는 손발 하나하나에 기운이 실려 공기를 울리는 권법이었다. 내공을 손발에 담을 수 있는 권법이 평범한 것일 리는 없었다.

그러나 가르치는 사람이나 배우는 사람이나 별것 아니라 생각하고 있었다.

이 정도는 비전도 아닌 것이다.

정수도 자신에게 비전을 전하려는 노인들을 많이 만나서 눈이 높아져 있었다.

그중에는 정씨조차도 상대가 안 될 고수가 여럿 있었다.

그래서 이 기본공을 정말 기본으로 생각하고 있었다. 적어도 하늘을 훨훨 나는 수준을 비전으로 생각하고 있었다.

기본공을 익히고 나서 배우는 것이 진짜 비전이었다.

정씨는 그 비전을 모두 배우지 못하고 산을 내려갔다.

그런데 정수도 그럴 가능성이 높았다.

정수도 수도를 하려는 것이 아니라 건강이 목적이었다.
산 아래에서 살 만하면 계속 수련할 의지가 없었다.

그래도 발경이 가능해지자 정수는 다시 수련에 재미를
붙였다.

절에 굴러다니는 무협 소설 속에도 나오는 발경이었다.
나이도 힘이 넘칠 때라 정수는 기본공에 매진하며 나무들
을 괴롭혔다.

쾅~ 팡! 쾅~ 파앙!

정수가 손과 발을 움직일 때마다 기운이 터져 나왔다.

쌓고 쌓고 또 쌓아서 나오는 힘이었다.

정수의 손끝에서 화산이 터지듯이 발경이 터져 나왔다.

물론 발경을 자주 하는 것은 현재 정수의 경지로서는
좋지 못했다.

지금의 발경은 진각의 기법으로 나온 힘으로 내공을 손
으로 밀어내는 것이다. 많지 않은 기운을 계속 억지로 끌
어 쓰는 것이 좋을 리가 없었다.

그리고 단전에 내공이 넘쳐야 진각의 도움 없이 손을
가볍게 터는 정도로도 발경을 할 수 있었다.

정씨가 보였던 시범처럼 내공이 많으면 굳이 진각이 필

요없었다.

정수가 하는 발경은 젖은 수건을 억지로 짜내는 것이다. 내공이 적은데 억지로 내공을 쥐어짜는 것이다.

원래 수건이 물에 흥건히 젖어야 가볍게 털어도 물이 튕기게 된다.

지금 정수는 얼마 없는 내공을 억지로 쥐어짜 소모하고 있었다.

발경이 신기해 주체하지 못하고 연습하는 것이다.

휘익.

그때, 수련장에 웬 노인이 나무를 밟고 날아왔다.

그렇다. 말 그대로 날아오고 있었다.

"아! 어르신."

정수에게 눈독 들이는 노인 중 하나인 검노인이었다. 정수도 이름을 몰라 그저 어르신이나 검노인이라 부르고 있었다.

정수는 검노인의 경공과 검법에 반해 껌뻑 넘어간 상태였다. 경공은 신기했고, 검법에 눈이 돌아갔고, 검기는 소름이 끼칠 정도라 뇌리에 박혀들었다.

정수가 발경을 하며 소성을 이루자 찾아온 검노인이었다.

이제 정수가 가르칠 수준이 되자 찾아온 것이다.

"없는 내공을 억지로 쥐어짜 소모하지 마라. 그럼 검을 들어 봐라."

"네."

정씨는 검을 배우지 못했다. 더 배우기 전에 산을 내려간 것이다.

물론 검은 손의 연장이었다.

정씨 수준이면 그냥 검을 휘둘러도 뛰어난 검법이었다.

정씨가 비전을 모두 배우지는 못했지만, 발경은 완숙하게 펼칠 수 있는 수준이었다. 세상에 굴러다니는 검법을 흉내만 내도 굵은 나무쯤은 쉽게 벨 수 있을 것이다.

그러나 정씨는 자신이 배우지 못한 것이라 정수에게도 검을 가르치지 않았다.

정씨가 껄렁하긴 했지만, 가르치는 데 거짓은 없었다.

자신이 확실히 익힌 것만 정수에게 가르치고 있었다.

그래서 검의 기초부터 검노인이 가르친 것이다. 검노인은 정수의 손발에 힘이 실리자 재빨리 끼어들어 검을 가르쳤다.

물론 정수가 검노인의 비전을 정확히 배울 수는 없었다.

검도 기초에서 나오는 것이다. 마보가 다르면 손도 달라질 수밖에 없었다.

기초가 다르면 검세도 달라지게 된다.

그러나 한민족과 속리산이라는 공통점이 있었다.

한민족의 흐름은 세 박자이고, 검은 세법이었다.

검을 휘두르는 것이 아니라, 몸을 따라 검을 흐르듯이 쓰는 법이다.

기초가 달라도 검을 가르칠 수 있었다.

그리고 검노인은 정씨의 스승과도 잘 아는 사이였다.

두 사람이 익힌 비전은 오랫동안 속리산에서 이어져 왔다.

오랫동안 같은 산에서 전해진 비전이라서 그런지 통하는 점이 많았다.

그래서 기초가 약간 다르더라도 검을 쓰는 법을 전할 수는 있었다.

정수는 노인의 가르침대로 검에 힘을 싣지 않고 몸의 움직임에 따라 내려치기와 베기를 이어 갔다.

딱딱 끊어 치는 왜국의 검과는 다른 검세였다.

쉬익~ 휘익~

스치듯이 이어 가는 검은 부드럽고 힘이 없어 보였다.

그러나 공기를 가르는 소리가 끊임없이 이어지고 있었다. 부드러워 보이는 검세와 달리 위력은 치명적인 것이다.

경맥과 기운을 끊는 검이었다.

강하게 내려쳐 근골을 가르는 검이 아니라, 피부를 베

지 않으면서 경맥만 끊는 검이었다.

바람 같고 빗줄기 같은 검이 한민족의 세법이었다.

"그렇지. 검은 손으로 쓰는 것이 아니라 몸과 마음으로 쓰는 것이다. 아까처럼 억지로 하는 발경이 아니라, 검에 저절로 기운이 실리도록 하는 것이다. 그 정도가 되면 찾아와라. 그때면 경공도 완전히 가르쳐 줄 수 있을 것이다."

"네, 어르신."

정수의 검세가 모양이 갖춰지자 검노인은 경지에 이르면 찾아오라는 말을 남기고 몸을 날려 사라졌다.

휘잉~

경공을 펼쳐 나뭇가지를 살짝 밟으며 날아가는 검노인의 모습에 정수는 입을 벌리고 지켜봤다. 볼 때마다 신기한 광경이었다.

정신을 차린 정수는 다시 검노인이 가르쳐 준 검식을 수련했다.

아직 정수는 힘을 끌어 올리기 위해 형이 필요한 수준이었다. 발로 땅을 굴러야 발경을 할 수 있는 것처럼 검식을 따라야 검에 기운을 실을 수 있었다.

그러나 경지가 높아지면 자연스런 동작에도 기운이 실리게 될 것이다. 자연스럽게 뻗는 손에도 발경이 되는 것이다.

검노인은 그 수준이 되어야 다음 단계를 배울 수 있다는 말을 하고 자신이 머무는 곳을 알려 주었다.

그리고 그 경지가 되면 정수도 산을 내려갈 수 있을 것이다.

자연스럽게 기운이 몸을 감싸게 되면 자극적인 것을 저절로 막을 수 있었다.

어느 때라도 기운이 실리는 경지가 되면, 예민한 체질을 극복할 수 있게 된다.

그런 경지에 이르러야 검노인처럼 나무를 차고 다니고 검기를 발할 수 있게 된다.

그래도 발경을 한 이후에 수련에 재미가 있고, 검노인처럼 찾아와서 이것저것 가르치는 노인들이 많아져 진척은 빨랐다.

십여 년 동안 쌓아 두었던 것이 터진 셈이었다. 그렇게 쌓았으니 발경처럼 강한 힘이 터져 나오는 것이다.

형이 복잡하다고 해도 하루면 배울 수 있었다.

중요한 것은 제대로 익혔느냐는 것이다.

정수는 노인들이 가르치는 것을 물 먹듯이 흡수하며 수련에 매진했다.

"이게 제비가 둥지를 트는 지형이다. 앞에 절벽이 있고 좌우로 병풍 같은 절벽이 감싼 지형이다. 무덤을 쓰기도 좋지만, 수련하기도 좋다. 그래서 이런 명당에는 절이 자리 잡고 있다."

"네에."

"이게 다 비전이야. 시중의 풍수 책들이 이렇게 정확히 설명하는 줄 알아? 명당자리 하나 잘 소개시키면 억은 기본이야."

"네에."

또 한 명의 노인이 정수를 찾아와 목소리를 높이고 있었다.

풍수의 비전을 전하는 것이다.

노인도 지식을 전한 사람은 많지만, 비전을 전한 제자는 없었다. 진짜 풍수라면 산세뿐만 아니라, 땅속을 꿰뚫어 봐야 하기 때문이다.

그런데 배우는 정수는 심드렁했다.

산이라면 지겹기 때문이다. 돈을 강조하는 것도 그다지 마음을 움직이지 못했다. 산을 돌아다니며 명당을 찾느니 부적을 쓰는 것이 편하기도 했다.

정수의 그런 마음을 눈치채고, 풍수노인은 더욱 목소리를 높였다.

"어허, 열심히 배워. 너라면 땅속까지 꿰뚫어 볼 영안을 뜰 수 있어. 나중에 백회가 뚫려 천기가 느껴지면 영목법으로 영안을 뜨거라. 중단전만 열면 영목법으로 영안을

열어도 부작용이 적다. 영목법은 내 아들놈에게도 안 알
려 준 비전이야."

"다들 상단전을 다루는 것은 위험다고 하던데……."

"그러니까 나중에 중단전을 열고 수련할 수 있게 되면
하라고. 나야 어쩔 수 없이 억지로 영목법으로 영안을 열
었다. 그래서 땅속을 그림처럼 보지는 못하고 흐릿하게
보는 수준이다."

"네에, 그런데 영목법으로 영안을 열면 귀신도 볼 수
있습니까?"

"이치는 그런데, 이 영목법은 우리 도선문이 개량한 것
이라 땅속만 훤히 보인다. 원래 영안이란 것이 상단전 수
련으로 저절로 뜨는 것인데, 영목법은 천기와 지기를 느
낄 수 있으면 영안을 뜨도록 도와주는 술법이다. 상단전
까지 수련이 되면 영목법이 아니라도 진짜 영안을 뜰 수
있을 거다."

"그럼 제대로 영목법을 수련하면 건물도 꿰뚫어 볼 수
있습니까?"

"땅에 연결된 것은 다 꿰뚫어 볼 수 있다. 나야 수련이
부족해서 흐릿하지만, 너는 수련을 정통으로 하고 재능도
있으니 나보다 낫겠지."

"건물도 되는군요. 흐흐."

건물도 볼 수 있다는 말에 정수는 왠지 웃음이 나왔다.

이상한 상상을 하는 것이다.

한창때이고 혈기가 넘치니 당연한 상상이었다.

풍수노인도 눈치를 챘지만, 심드렁하던 정수가 관심을 보여 모른 척했다. 모로 가도 서울만 가면 되기 때문이다.

"네 수련에도 좋으니 자연과 땅속을 느끼도록 해 봐라. 자연을 느껴야 하나가 되는 수련도 할 수 있는 거야. 그리고 이 그림들을 보고 산세를 익혀 봐라. 이거 다 내가 전국을 돌며 직접 산세와 명당을 그린 거야. 자식놈에게도 안 준 책이야. 명당자리가 때와 사람에 따라 움직여서 문제지만, 너라면 정확히 찾을 수 있을 거다. 명당 하나라도 제대로 찾으면 억은 기본이야."

"네에."

노인이 중요하고 좋은 비전이라고 강조하지만 정수는 심드렁했다. 남들은 못 배워서 난리인 비전이지만 정수는 골라 먹을 수 있는 가르침이었다.

좌도는 특히 재능이 없으면 배워도 익히지 못한다.

노인의 말처럼 명당을 그린 책을 아들에게 주어도 활용하지 못한다. 명당자리도 물처럼 움직인다. 사람을 가리고 조금씩 움직이기 때문이다.

영목법으로 땅속을 봐야 정확히 명당을 찍을 수 있었다.

정수는 어려서부터 고생은 했지만 이제는 화가 복이 되

고 있었다.

기초가 튼튼하고 재능이 있어 좌도의 비전은 노인들이 찾아와 가르치고 있었다.

이미 부적, 풍수, 점, 진법 같은 비전뿐만 아니라 귀신을 다루는 좌도의 비전도 배웠다.

그러나 그런 귀한 비전을 배웠지만 정수의 신경은 다른 곳에 있었다.

발경이 되며 의욕이 올랐지만 한때뿐이었다. 발경이 익숙해지며 다시 의무적으로 쉬엄쉬엄 할 뿐이다.

한창때인데 수련에 눈길이 갈 리가 없었다.

"아, 재밌다. 몇 년 전에 이런 드라마를 방송했다니!"

아침에 풍수노인에게 잡혀 있던 정수는 산 아래 있는 도천사에 와 있었다.

이제 어느 정도 자극을 버틸 수 있어 도천사에 놀러 온 것이다. 옛날에는 근처에도 오기 힘든 장소였지만, 이제 어느 정도는 견딜 만했다.

도천사에 내려온 이유는 케이블 TV와 인터넷이 있기 때문이다.

성과가 있고 수련도 재미있지만, 정수는 현대인이자 청소년이었다.

수련이 TV보다 좋을 리가 없었다.

정수는 한 눈으로는 케이블 TV를 보고, 한 눈으로는 인터넷에 연결한 노트북으로 미드를 보고 있었다. TV도 못 보고 인터넷도 할 수 없던 한을 한 번에 풀고 있는 것이다.

"김 처사, 아직 안 갔나?"

"이거, 수도하는 곳인데 죄송합니다. 너무 재미있어서 정신을 못 차렸습니다."

정수가 도천사 요사채에서 침을 흘리며 화면을 보고 있는데 총무스님이 들어왔다.

"김 처사도 한참 나이이니 이해하네. 그런데 이제 버틸 만한가?"

"그럭저럭 버틸 만합니다."

"다행이군. 곧 세상에 나갈 테니 TV라도 보고 좀 적응하게."

"감사합니다. 강룡사에는 TV가 없어서……."

"노스님이야 진짜 스님 아닌가. 이런 곳은 이제 관광지야. 하안거와 동안거 할 때는 좀 조용하지만, 이런 데서 수도할 수 있는 것은 아니지. 수도하겠다는 분들은 다 암자나 산에 있어."

"세상 속에서 배운다지 않습니까? 킁킁, 그런데 야간 산행을 하는 일행이 있나 봅니다?"

"담배 냄새가 나는가?"

"좀 심하게 납니다. 어디 회사에서 단체 산행이라도 하는가 봅니다. 그런데 산에서 내려오는데요?"

"이렇게 늦게 하산하는 일행이 있나? 밤 산행은 위험한데……. 그런데 아직 담배 냄새는 견디기 힘든가?"

"독한 것은 아직 좀 힘듭니다. 그럼 물러가겠습니다."

"밤인데 조심해서 돌아가게."

독한 냄새가 느껴지자 정수는 산으로 피했다.

아직 담배 냄새는 버티기 힘든 것이다.

정수는 두툼한 손전등과 헤드램프를 하고 강룡사로 향했다.

산길을 오르는 정수의 발걸음은 통통 튀었다.

서서히 발에도 기운이 실리는 것이다.

"살려 주세요, 사람 살려~"

정수가 어두워진 산길을 오르는데 어디서 가느다란 소리가 들렸다.

살려 달라는 여자의 목소리였다.

"뭐야? 여긴 등산로도 아닌데, 여우나 귀신인가?"

정수는 가정교육을 무협식으로 받은 셈이다.

그래서인지 정수는 가느다란 여자 목소리에 여우와 귀신을 떠올렸다.

물론 당연히 여우나 귀신보다는 길을 잃은 여자일 확률이 높았다.

그리고 여우는 이미 한국에서 멸종된 상태였다.

정수는 잠시 이상한 상상을 했지만, 곧 소리 나는 곳으로 향했다.

요즘 자신감이 넘치니 두려울 것이 없기도 했다.

소리 나는 곳으로 향하니 불빛이 보였다.

"거기 사람입니까?"

"사람 살려요. 살려 주세요."

정수가 정체를 물으니, 젊은 여자가 소리치면서 발을 절며 다가왔다.

"어떻게 여기로 왔습니까? 여긴 길도 아닌데……."

"흑흑, 흑흑."

여자는 정수의 말에 눈물만 쏟으며 울었다.

그리고 사람이 반가운지 정수에게 안기려 했다.

그러나 정수는 몰려오는 화장품 냄새에 슬슬 뒤로 물러서며 피했다.

'왜 이래? 간이라도 빼 먹으려고 그러나? 화장품 냄새 나니 여우나 귀신은 아닌 것 같은데, 왜 말을 안 하고 울기만 하지?'

여자는 산을 내려오다가 길을 잘못 들고, 급한 마음으로 움직이다가 발목까지 삐었다.

게다가 장소까지 높은 산골이라 휴대폰도 되지 않았다. 산꼭대기에서도 휴대폰이 터지는 세상이지만, 인적없는 골짜기에는 신호가 약할 수밖에 없었다.

그런데 길을 잃고 다친 상황에서 사람이 나타났으니, 경계심보다는 서러움과 안도감이 생길 수밖에 없었다.

물론 정수가 여자의 상황과 마음을 알 리가 없었다.

"흑흑, 반가워요. 스님이신가요?"

여자는 겨우 마음을 진정시키고는, 자꾸 피하는 정수의 행동과 옷 때문에 스님인지 물었다.

"그냥 절에서 지내고 있습니다."

그냥 절에 있다는 말에 여자는 표정이 변하고 옷을 가다듬었다.

이제는 경계심이 드는 것 같았다.

깊은 산속에서 이상한 남자와 단둘이 있다는 사실이 떠오른 것 같았다.

"네. 그런데 등산로는 어디인가요? 제 일행이 찾고 있을 텐데……."

여자는 일행이라는 말을 하며 등산로를 찾았다.

"여기로 좀 내려가면 도천사입니다. 등산로는 아니지만 제가 자주 다니는 길이니 흔적은 있을 겁니다. 그럼 조심해서 내려가십시오."

정수는 화장품 냄새에 콧물이 나올 것 같아 길만 알려주고 떠나려 했다.

정수도 요즘 여자에 대한 호기심이 많지만, 막상 독한

화장품 냄새를 맡자 다른 생각이 나지 않았다. 냄새나고 더러운데 여자라고 가까이할 수는 없는 것 같았다.

그러나 경계심을 보이던 여자는 정수가 떠나려 하자 마음이 다급해졌다.

"어머, 그냥 가면 어떻게 해요? 도천사까지 길 좀 안내해 주세요."

"저도 바쁜데……."

"여자 혼자 어두운 산길을 가라는 것은 아니겠죠? 게다가 저는 발목도 다쳐서 걷기도 어려운데……."

"그럼 내가 먼저 갈 테니 따라오세요."

"네, 고마워요."

여자의 사정에 정수도 훌쩍 떠날 수는 없었다.

그래도 자극적인 냄새 때문에 부축한다는 말은 하지 않았다. 그저 멀찍이 앞서 길을 안내했다.

'아니, 무슨 남자가 발목을 다쳤다고 하는데 부축도 안 하냐? 눈물 흘려서 화장이 엉망이라도 됐나? 아니지, 승복을 입고 있는 걸 보니 절에서 수련하는 사람인가?'

정수의 성의없는 말에 여자는 자존심이 상했다.

여자에게는 무시당하는 것이 가장 참기 어려운 대접이었다.

자존심이 상한 여자는 정수의 옷차림과 절에서 지낸다는 말에 수련하는 사람이라 생각하며 자존심을 보듬었다.

쩔뚝쩔뚝.

둘은 잠시 말없이 산길을 내려갔다.

사실 그 길은 도천사에서 강룡사로 향하는 지름길로, 정수만 다니는 길이었다. 하여 길이라고 하기도 어려울 정도라 가파르고 장애물도 많았다.

그나마 도천사에서 가까워 여자는 쩔뚝거리며 길을 걸었지만, 그래도 발목까지 접지른 여자가 다니기는 어려웠다.

한참 길을 걷던 여자는 잠시 쉬어 가자는 말을 했다.

"저, 잠시 쉬었다 가죠."

"네."

두 사람이 잠시 멈춰 서자 서늘한 정적이 흘렀다.

찌르릉, 찌르륵, 쏴아악~

정적이 흐르자 나뭇잎이 부딪치는 소리, 산새와 곤충이 우는 소리가 사방을 덮었다.

자연의 소리였다.

그러나 도시에 살던 사람이라면 절로 등골이 서늘해지는 소리였다. 이제 자연의 소리는 두려움을 주는 소리가 되고 있었다.

여자는 정적과 자연의 소리가 무서운지 입을 열었다.

"저기, 이름이 뭐죠? 저는 민주예요. 서울의 Y대학교를 다니는데, 이번에 동아리에서 MT로 등산을 왔어요.

산을 내려오다 뒤처졌는데, 어느 순간 길이 이상해지며 일행도 안 보이는 거예요. 갑자기 무서워져 서둘러 내려오다가 다리까지 접질러서⋯⋯."

"저는 저 위의 강룡사에 머무는 정수입니다."

민주는 참았던 말을 쏟아 냈다. 수다라도 떨어야 두려움을 떨쳐수 있을 것 같아 나오는 말이었다.

그러나 정수의 답변은 간단했고, 여전히 민주와는 거리를 두고 서 있었다.

보통 남자가 이렇게 했다면 당장 차였겠지만, 지금 상황은 미팅 자리가 아니었다.

정수의 딱딱한 반응에 삐쳤던 민주도 정수가 수련하는 사람이라 확신하며 계속 입을 열었다.

"정수 씨는 무슨 공부를 하세요. 요즘 절에서 공부하는 사람은 없다고 들었는데⋯⋯. 무술 같은 수련을 하시나요? 그런데 몇 살이세요?"

"몸이 안 좋아 요양하고 있습니다. 나이는 19살입니다."

"어머, 19살! 그런데 몸이 안 좋아? 굉장히 건강해 보이는데⋯⋯. 어머, 얼굴에 검댕이도 묻고, 화장도 번졌네."

19살이라는 말에 민주는 반색을 하고 바로 말을 낮췄다. 이상하게 여자들은 나이가 어리다고 하면 남자로 보지 않는 면이 있었다.

긴장하던 민주는 정수가 19살이라는 말에 긴장과 가식을 끊고, 물티슈를 꺼내 거울을 보며 얼굴을 닦았다.

"……."

갈대처럼 마구 변신하는 민주의 모습에 정수는 할 말을 잃고 멍하니 있었다.

"그런데 왜 그렇게 멀리 있어? 이리 와 봐."

"냄새가 독해서요. 제가 아토피나 알레르기 같은 병이 있어요. 화장품이나 담배 냄새를 맡으면 두드러기가 나요. 그래서 절에 있는 거예요."

갑자기 민주가 말을 낮추자 정수도 알아서 말을 높였다.

왠지 그래야 할 것 같았다.

"뭐야! 냄새?"

"화학물질 냄새요. 알레르기 같은 병이에요."

냄새라는 말에 얼굴을 닦던 민주의 눈꼬리가 올라갔다. 얼굴이 엉망이라 물티슈로 닦고 있었는데, 냄새라는 말에 자기도 모르게 목소리가 올라간 것이다.

정수도 눈치는 있어 자세히 설명했다. 여자 기분을 풀어 주는 것은 예의라기보다는 남자의 본능이었다.

"으응, 알레르기. 요즘 공해가 심해 그런 병이 많아졌다는 소리는 들었어. 그럼 언제부터 절에 있던 거야?"

"일곱 살부터요."

"어머, 그렇게 어려서부터 절에 있었다고?"

"네. 그럼 이제 그만 가죠."

"그래, 동생."

어느새 정수를 동생이라고 호칭하는 민주였다.

민주는 산길을 내려가며 정수의 호구조사에 나섰다. 정수는 민주의 수다 공세를 당하며 산길을 내려가야 했다.

"이제 막힌 곳이 없으니 휴대폰이 될 거예요."

"어머, 그러네?"

수다에 시달리던 정수는 산골을 벗어나자 휴대폰을 거론하며 수다 공세를 피하려 했다.

다행히 휴대폰 신호가 잡혀 정수는 해방될 수 있었다.

"어머, 너희도 도천사야? 나도 도천사로 가고 있어. 내가 기다려 달라고 했을 때 기다렸어야지. 내가 길을 잃어서 놀란 걸 생각하면…… 아휴. 어머, 길상 선배가 그랬다고?"

휴대폰이 터지자 민주는 일행에게 전화해 수다를 떨었다.

일행은 민주가 없어져서 여자들만 도천사로 내려오고, 남자들은 산길을 돌아가서 찾고 있었다.

민주는 길을 잃은 얘기, 발목을 다친 얘기, 정수를 만난 얘기, 동아리 남자들 얘기 등으로 쉼없이 수다를 떨었다.

민주는 험한 산길에 휘청거리고 다리를 절룩거리면서도 휴대폰을 놓지 않았다.

'여자의 수다에 잔이 깨지고, 여자는 갈대라는 말이 무슨 의미인지 알겠네. 그래도 여자가 다 저렇지는 않겠지.'

환상 깨는 민주의 모습에 정수는 여자가 모두 그렇지는 않을 거라고 스스로를 위로했다.

그때, 멀리 도천사의 불빛이 보였다.

"어머, 불빛이다. 저게 도천사 맞지? 정희야, 도천사가 보여."

빛 한 점 없는 산에서 전깃불이 보이자, 수다를 떨던 민주도 목소리를 높이며 도천사가 보인다고 소리쳤다.

도천사가 가까워지자 산길도 넓어졌다. 절에서 땔나무를 찾으러 자주 오가는 산길이었다.

정수는 도천사도 보이고 길도 넓어져 그만 떠나려 민주의 눈치를 봤다.

정수가 머뭇거리자 수다를 떨던 민주의 분위기가 달라졌다. 남자가 떠나려 하는 것을 알아채는 것도 여자의 본능 같았다.

정수는 자신이 마치 무슨 끈에 묶인 듯한 기분이 들었다.

정수는 그만 가겠다는 말을 꺼내지 못하고 계속 앞으로 향했다.

"보이지?"

"거기, 민주야?"

민주의 일행도 뒷산을 내려오는 불빛을 보았는지 소리를 지르며 올라왔다. 일행은 이산가족 상봉이라도 하는지 고함을 지르며 가까워졌다.

"어머, 어머! 민주야!"

"발목을 다쳤다는데 괜찮아?"

"흑흑, 나 죽는 줄 알았어."

"계집애, 술 먹고 헤롱거리다 뒤처졌지? 내가 술을 그만 마시라고 했잖아."

"선배가 따르는데 먹어야지. 요즘 여자라고 뒤로 빠지는 버릇이 들면 취직도 못하는 세상이잖아."

"눈치껏 손수건으로 입을 닦는 척하며 버려야지. 물을 먹는 척하며 뱉는 방법도 있잖아. 그걸 다 마시다가 뻗어서 누구 품에서 깨려고 그래?"

민주를 찾아 나선 남자들은 아직 내려오지 않았는지 일행은 여자만 있었다.

그런데 여자뿐인 일행이지만 화장품 냄새뿐만 아니라 진한 담배 냄새도 났다.

정수는 더욱 멀찌감치 떨어져 일행의 상봉을 지켜봤다. 상봉을 지켜보는 정수는 여자에 대한 환상이 조금씩 부서지는 기분을 느꼈다. 담배 냄새부터 심상치 않더니, 나누는 대화도 예쁜 얼굴과는 맞지 않았다.

그래도 일행 중 정수의 이상형에 맞는 여자가 있었다. 긴 생머리에 냄새도 좋은 여자였다.

아직 어리고 여자를 별로 보지도 못했으니, 긴 생머리 같은 것에 눈이 가는 것이다.

그냥 가려던 정수지만 눈이 가는 여자가 있어 자리를 지키고 있었다.

왠지 긴 생머리에 정수의 마음이 싱숭생숭했다.

"그런데 저분이야?"

"저분은 무슨. 쟤가 정수야. 알레르기 때문에 절에 산대."

"그래? 요즘 세상에도 저런 애가 있구나."

"몸은 굉장히 건장한데?"

"스님이 되려는 건가?"

"요즘 스님 되기가 쉬운 줄 알아?"

"머리도 긴데, 그냥 요양하는 것 같아."

"불쌍하다."

"그런데 완전 소설 속의 주인공이네. 여자가 아닌 점이 좀 그렇지만……."

한참 수다로 회포를 푼 일행은 화살을 정수에게 돌렸다.

그래도 정수의 처지가 여자들의 감성을 건드리는 부분

이 있었다. 여자들의 눈빛에 동정심과 애틋함, 모성애 같은 것이 깃들었다.

"동생, 이리 와 봐. 이렇게 만난 것도 인연인데 인사라도 해야지."

"그렇지. 호호, 옷깃만 스쳐도 인연이라는데, 인사는 해야지."

정수가 멀뚱히 서 있자 민주가 불렀다.

민주뿐이라면 정수는 벌써 도망갔겠지만, 긴 생머리에 냄새가 좋은 여자가 있었다. 정수는 쭈뼛거리며 다가와서 소개를 했다.

"안녕하세요. 강룡사에 사는 정수예요."

"어머, 귀엽다."

"어려서부터 절에 산다니, 불쌍해."

정수가 약간 얼어서 소개를 하자 여자들은 불쌍하다는 말을 하며 자신들도 소개를 했다.

"나는 은정이야."

정수는 다른 여자들의 목소리는 흘려듣고 은정의 목소리만 귀에 담았다.

"은정이요? 훌쩍."

정수는 은정의 이름을 말하며 코를 훌쩍거렸다. 여자들과 가까이 있으니 콧물이 흐르려 했다.

"호호호, 얘 뭐니? 은정이에게 꽂혔나 보네."

"어머어머, 그런가 본데? 얘 귀엽다."

"완전 천연기념물이네."

정수가 멍하니 은정을 보고 코를 훌쩍거리자 여자들은 난리가 났다. 은정을 보며 눈이 몽롱한 정수를 보고 눈치를 채지 못하는 여자는 없었다.

울긋불긋.

여자들의 목소리에 정수도 상황을 파악했다.

그리고 얼굴이 붉게 달아올랐다.

더불어 발진도 생겼다.

얼굴이 붉어진 거야 당연했고, 마음이 흔들리자 기운도 흔들리며 고질이 일어나고 있었다.

발경이 되고부터 조금 나아졌지만, 기가 흔들리자 바로 반응하는 것이다.

"어머어머!"

"아프다고 하더니, 정말?"

정수의 얼굴이 붉어지며 얼룩이 지듯이 울긋불긋해졌다. 어두웠지만 여자들도 정수의 얼굴이 변하는 것을 볼 수 있었다.

그리고 수다를 떨며 알아낸 정보대로, 정수는 알레르기 같은 것이 있다는 것을 알 수 있었다.

"훌쩍, 그럼 저는 갈게요."

"그래? 잠깐. 이건 내 전화번호. 그리고 이건 은정이

번호. 호호, 내 목숨을 구해 준 값이야."

"어어, 네에."

정수는 전화번호가 적힌 쪽지를 조심스럽게 받았다.

"호호. 은정아, 괜찮지? 내 목숨도 구해 줬는데 전화
정도는 이해해 줘."

"으응. 정수야, 나중에 전화해."

"네에, 그럼 조심히 돌아가세요."

발진까지 생기자 정수는 어쩔 수 없이 돌아가려 했다.

그런데 다행히 민주가 자신과 은정이의 전화번호를 적
어 주었다.

그래도 은혜는 갚은 셈이었다.

은정도 다행히 전화하라는 말을 해 주었다.

예의상 하는 말일 수도 있지만, 정수는 아주 기쁜 마음
을 가지고 돌아섰다. 산을 오르는 정수는 통통 튀며 날아
가듯이 뛰었다.

"와아, 빠르다. 아주 날아가네."

"한눈에 반한 여자의 번호를 받았으니 그렇지!"

"호호, 역시 순진한 애에게는 긴 생머리가 통하나 봐."

"요즘도 저런 애가 있구나. 어려서부터 절에서 자랐다
니, 신기하네."

"아까 얼굴에 발진이 생기는데 무섭더라. 화학물질에
알레르기가 생긴다니, 도시에서 살지는 못하겠다."

"그렇지. 불쌍하다. 은정아, 전화 오면 받아 줘라. 애가 불쌍하잖아."

"민주 목숨도 구해 줬는데, 전화 정도는 받아야지."

"전화 올 때마다 민주에게 한 턱 쏘라고 해. 그나저나 첫사랑 같은데, 좀 그렇다."

"그런 것 같지? 아, 첫사랑이라니……."

"한눈에 반한 것은 어떻고? 아주 은정이만 뚫어지게 보는데, 로미오와 줄리엣 찍는 줄 알았다, 얘."

여자들은 정수와 첫사랑 애기에 지칠 줄을 몰랐다.

당사자인 은정이는 입을 다물고 있었다. 무슨 애기를 해도 꼬투리가 잡힐 것 같으니 입을 다물고 있는 것이다.

띠리링.

다행히 민주의 소식을 듣고 하산하는 남자들의 전화가 와서 수다가 멈추게 되었다.

'호호, 내게 한눈에 반하다니. 내가 첫사랑인 것 같은데, 왠지 두근거리네. 첫 전화를 얼마나 망설이고 용기를 내서 할까?'

은정도 정수가 자신에게 한눈에 반한 것 같아 기분은 좋았다.

정수가 마음에 들고 안 들고를 떠나서, 여러 여자 중에서 자신에게 반했다니 기분이 좋을 수밖에 없었다.

물론 연락을 이어 가고 만나는 것은 물리적으로 어려웠

다. 절에 살아야 하는 정수가 대학생인 은정을 만나기도 어려웠다.

다행히 첫사랑인만큼 정수는 전화로도 만족할 것 같았다.

은정도 가끔 오는 전화 정도는 받아 줄 수 있을 것 같았다. 그리고 정수에게 오는 전화는 친구들에게 은근히 자랑할 거리였다.

둘은 전화를 하는 정도는 좋은 환상을 계속 이어 갈 것 같았다.

절에 사는 정수의 첫 연애로는 시작이 괜찮았다.

3
노다지

辟踊行路咸以錢之　辟踊行路咸以錢之

春秋六十有二其年　春秋六十有二其年春秋六十有二其年

辟此下方難乾他方辟此下方難乾他方

基

基

永隆三年七廿一日

永隆三年七廿一日

路賢人同鬼神而

路賢人同鬼神而

原其遷西山之

原其遷西山之

여자들과 헤어진 정수는 날듯이 뛰어 산을 올랐다.

은정의 얼굴이 떠오르는지 정수는 미친 것처럼 실실 웃으며 뛰었다. 그래도 뛰면서 운기가 되는지, 울긋불긋하던 발진도 가라앉았다.

암자에 도착한 정수는 발진을 완전히 가라앉히기 위해 수련을 시작했다.

쿵~ 팡! 쿵~ 팡!

수없이 반복한 기본공을 이어 갔다.

그런데 사실 흐름을 이어 가는 것을 중시하는 기본공에 땅을 강하게 밟는 진각은 없었다.

그러나 정수는 체질을 고치기 위해 진각을 넣어 수련하

고 있었다. 몸을 보호하기 기운이 없으니, 기운을 강하게 뿜어내는 수련을 하는 것이다.

얼마 없는 내공을 쥐어짜는 것이지만, 정수는 진각을 고집했다. 진각이라도 밟아야 고질이 좀 나아지기 때문이다.

반복하고 반복해 몸에 완전히 체화시키는 수련이었다. 몸을 움직이는 법이 완전히 체화되면 손짓 하나, 발걸음 하나에도 기운이 자연스럽게 흐르게 된다.

그러나 그런 경지는 너무 멀었다.

아직 십 년은 더 수련해야 자연스럽게 발경을 할 수 있는 내공이 될 것이다. 진각으로 쥐어짜는 것이 아니라, 손짓 하나에 내공이 깃드는 경지였다.

정수는 그래서 진각으로 억지로 기운을 쥐어짜고 있었다.

십 년은 너무 멀다고 느끼는 것이다.

'아～ 언제쯤 담배 냄새를 버틸 수 있게 될까?'

잠시 쉬던 정수는 한숨을 쉬고 신세한탄을 했다.

산에서 살면 상관없지만, 오늘 본 은정 때문인지 신세한탄이 나오는 것이다.

한숨을 쉰 정수는 의기소침해져서 암자로 들어갔다.

그리고 심심한지 얼마 전에 풍수노안에게 받은 책을 꺼내 봤다.

책이라기보다는 자료집이자 노트였다.

노트에는 풍수노인이 직접 찍은 산의 사진에 매직으로 명당의 위치와 설명이 적혀 있었다.

풍수와 관련된 사람에게는 천금을 줘도 구할 수 없는 비전이었다.

정수를 위해 풍수를 가르친 황 노인이 직접 마련한 자료였다. 정수를 독점할 수도 없고, 산을 돌아다니며 가르칠 시간도 없으니 이런 자료를 마련한 것이다.

정말 제자가 귀한 시대였다.

물론 비전은 영목법이었다.

그러나 이런 자료는 노하우였다. 자료집은 풍수의 이론과 실제가 담겨 있고, 명당자리와 그 이유가 설명되어 있는 황 노인의 역작이었다.

물론 이런 비전도 정수로서는 별로 관심이 없었다. 그동안 배우고 받은 보물 중에서 이 자료집보다 못한 것은 없었다. 풍수 정도는 별로 귀한 비전도 아닌 것이다.

다만 이 자료집은 사진이 많아서 재미 삼아 보는 것이다.

그리고 자연스럽게 자신이 머무는 속리산 부근을 집중적으로 보고 있었다.

"여기가 명당이었네? 별로 그런 것 같지 않은데, 신기하네. 직접 가서 볼까?"

황 노인의 자료집에는 속리산 인근의 산세와 명당자리
도 그려져 있었다.

정수로서는 자신이 아는 산세에 명당이 있으니 자세히
볼 수밖에 없었다.

풍수노인도 그 점을 노렸는지 속리산 주변은 더 자세히
설명을 하고 첨부 자료도 붙여 놓았다. 호기심에 보고 공
부하라는 배려였다.

다행히 정수도 자신이 아는 산세가 보이자 호기심이 생
길 수밖에 없었다.

"에이, 기분도 그런데 한 번 가 봐야겠다."

은정 때문인지 왠지 우울해진 정수는 바로 움직였다.

어두운 산길이지만 정수의 호기심과 발길을 막을 수는
없었다.

정수는 곧 풍수노인이 명당자리라고 찍은 능선에 도착
할 수 있었다.

"저기가 명당자리인가? 좀 이상한데?"

좁은 한반도에서 천 년 넘게 명당자리를 찾았으니, 좋
은 자리가 남아날 리가 없었다.

그러나 십 년이 지나면 강산이 바뀐다고, 시간이 흐르
면서 산세와 물길이 바뀌기 마련이다.

그리고 물의 흐름이 변화무쌍하듯이, 명당자리도 드러
났다 감춰졌다 하는 법이다.

그래도 정수가 보는 자리는 일반적인 명당자리가 아니었다.

정수도 반풍수는 되는 편이라 주변 지리를 자세히 보면서 의문을 발했다.

"이거, 황 노인 사이비 아니야? 그래도 내가 주워들은 풍월이 있는데, 여긴 영 아닌데……."

정수는 황 노인의 실력까지 의심하며 주변을 살폈다. 산세가 그만큼 좋지 않았던 것이다.

그러다 황 노인과의 대화가 떠올랐다.

"어르신, 왜놈들이 전국 산의 혈 자리마다 대못을 박아 놨다는데 그건 안 뽑습니까? 그런 건 어르신 같은 분이 찾아서 뽑아야 할 것 같습니다."

"넌 모기가 문다고 아프냐?"

"아픈 게 아니라 가렵죠."

"왜놈들이 한 짓은 모기가 아니라 파리가 앉았다 간 것도 안 돼. 조그만 꼬챙이를 꽂았다고 산세의 흐름이 죽지는 않아."

"그렇습니까? 그래도 급소란 것이 있지 않습니까? 그리고 기분도 좀……."

"조선시대에 누군가 왕조를 바꿀 만한 명당자리에 묘를 썼다면서 어떤 놈이 상소를 한 적이 있다. 진짜 그런 명당인지,

모함을 하려는 건지는 모르겠지만, 하여간 난리가 난 적이 있었다."

"그래요?"

"임금도 찝찝한지 이장을 명령하고, 왕조를 바꿀 만한 명당자리라는 곳에 뜸을 떴지."

"뜸이요?"

"그래, 그 명당자리를 없앤다고 뜸을 떴지. 명당자리에 우물처럼 수십 미터를 파서·숯을 채워 불을 붙인 거야. 아직 그자리에 숯 구덩이가 남아 있다. 풍수 하는 사람들은 한 번씩 보고 가는 자리지."

"그런 일도 있었군요."

"그렇게 뜸을 떠도 명당자리를 없앴다고 장담할 수는 없지. 그에 비해 꼬챙이 몇 개 박는 것은 벌레가 문 것도 아니지. 내가 강조한 대로 명당자리는 샘과 같은 거야. 용혈이 흐르다가 지표로 솟는 곳이야. 샘솟는 기운을 받는 곳이 명당자리고. 산세의 흐름은 그때그때 다르니 영목법을 꼭 수련하도록 해라."

"네, 어르신."

정수는 풍수를 가르친 황 노인과의 대화를 떠올려 명당자리가 깊이 있을 수 있다고 생각했다.

용혈이 아직 지표에는 올라오지 않을 수도 있다고 생각한 것이다.

"그리고 보니 여기 일제시대 때 금광이 있다고 들었는데…… 지하에서 보면 숨어 있는 명당자리 같은 것이 보일까?"

일제시대에는 노다지를 찾는 사람이 많았다.

요즘의 로또처럼 그 시대에는 금을 찾는 열풍이 있었다.

그때는 한반도에 금이 많아 가끔 노다지를 찾는 사람이 있었다. 그런 성공 스토리에 가산을 탕진하는 사람도 많았다.

그리고 그런 사람들이 파 놓은 동굴이 아직 많이 있었다.

정수는 명당과 지하를 생각하다가 할머니가 얘기해 주던 금광까지 떠올렸다. 어릴 적에 할머니가 밤에 해 주던 이야기 중의 하나였다.

그렇게 관심이 명당에서 금광으로 돌려졌다.

명분이야 지하에 숨은 명당자리를 찾는 것이지만, 금광이라는 것에 호기심이 생겼다.

명당자리도 호기심에 찾아본 것이니, 더 관심을 끄는 금광으로 돌려진 것이다.

아직 한밤중이지만 정수는 다시 금광이 있을 만한 곳을 찾아 움직였다.

물론 한밤중이고, 세월이 흘러 구멍이 자연에 덮여 있

었다. 그런 상황인데 금광이 쉽게 찾아질 리는 없었다.

그러나 정수에게는 예민한 체질이 있었다.

"킁킁, 저쪽에 동굴 냄새가 나는 것 같은데……."

정수에게는 탐지기 수준의 감각이 있었다.

정수는 습하고 눅눅한 지하의 냄새를 맡았다.

한밤이라서 그런 냄새가 더 잘 느껴지고 있었다.

"이 근처 같은데……."

그래도 오래전 금광의 흔적이 제대로 남아 있을 리가 없었다.

그래서 지하에서 흘러나오는 냄새를 따라 움직여도 좀처럼 동굴의 흔적을 찾을 수 없었다.

그러나 가진 것은 힘뿐이고, 남는 것이 시간인 정수에게 보물 찾기는 최고의 놀이였다.

정수는 한밤중에 산을 오르내리며 금광의 흔적을 찾았다.

휘이이~

그러다 강한 바람이 불었다.

동굴에서 나오는 바람이었다.

"여기구나. 이건 금광 같지도 않은데……."

반세기가 흘렀는데 나무로 만든 받침대 같은 것이 남아 있을 리가 없었다. 입구도 무너져 작은 구멍만 남아 광산인 것을 알아볼 수가 없었다.

그저 작은 구멍에서 나오는 바람만이 이 안에 큰 공간이 있음을 알려 주었다.

"그렇지, 다른 입구나 환기구멍 같은 것이 있을 텐데……."

광산을 배경으로 하는 영화 같은 것은 많았다. 정수도 어설프게 광산의 구조 같은 것을 알고 있었다.

일제시대의 금광에 환기구멍 같은 것이 있을 것 같지는 않지만, 정수는 일단 다른 입구를 찾아 나섰다.

정수는 보물찾기가 재미있었다.

그리고 막상 찾은 입구가 실망스럽자 다른 보물을 찾는 것이기도 했다.

휘잉~

기압 차가 있어서인지 금광에서 다시 바람이 흘러나왔다.

정수는 눅눅한 바람이 나오는 곳을 또 찾을 수 있었다.

"헤헤, 찾았다. 꼭 우물 같네."

약간 비스듬하게 뚫린 환기구멍은 여전히 그 기능을 다 하고 있었다. 암반을 파고 만든 구멍이라 여전히 튼튼해 보였다.

그래서인지 정수는 모험심이 솟아났다.

"이거, 충분히 내려갈 만하겠는데……."

나이도 한창때이고, 수련만 해서 혈기가 넘칠 시기였다.

정수는 한밤중에 일제시대 금광의 환기구멍을 내려갈 생각이 들었다.

실수를 하거나 금광이 무너지기라도 하면, 꼼짝없이 갇힐 수도 있는데, 젊은 탓에 멈출 줄을 몰랐다. 지금 절에 가서 금광 좀 구경하겠다고 얘기할 수도 없으니, 그냥 내려가기로 했다.

무모한 것이 정수 나이대의 특징이었다.

정수는 헤드램프만 켜고 손전등을 가방에 넣었다.

그리고 튀어나온 돌을 손으로 잡으며 환기구멍으로 내려갔다.

미끈.

"음, 좀 위험하겠는데……."

지하에서 올라오는 바람 때문인지 바위에 습기가 맺혀 있었다.

그 탓에 딛고 서 있는 바위에서 살짝 미끄러졌다.

휘이잉~

그 순간, 바람이 올라왔다. 위험하니 돌아가라고 말하는 것 같았다.

그러나 서늘한 바람은 정수의 오기를 부추겼다.

왠지 이대로 물러서면 지는 것 같았다.

정수는 계속 내려가 보기로 했다.

"이래야 재밌지."

다행히 환기구멍은 그렇게 깊지 않았다.

깊이가 5미터도 되지 않았다.

이 정도면 떨어져도 크게 다칠 높이는 아니었다.

하긴 깊었으면 암반을 파서 환기구멍을 내지는 않았을 것이다.

투툭.

떨어지는 흙가루와 함께 정수가 바닥에 내려섰다.

생전 처음 보는 금광, 아니, 동굴의 모습이었다.

오랫동안 방치되어 그런지 광산의 모습은 보이지 않았다. 천장을 받치던 받침대도 삭아서인지 보이지 않았다.

벽에는 나무뿌리와 풀 같은 것으로 뒤덮혀 있었다.

터덕.

발에 뭔가 걸렸다.

완전히 삭아 버린 레일 조각이었다.

"그래도 자연 동굴은 아니구나. 그런데 이런 동굴 구경도 재미있네. 아주 짜릿한데."

눅눅하고 서늘한 공기는 사람을 자극한다.

거기에 별빛 한 점 없는 동굴은 어둠의 깊이가 달랐다.

소름이 쫙 끼칠 정도의 어둠이었다.

게다가 작고 위태로운 공간은 위기감을 더욱 부추겼다.

어려서부터 산에 살고 무술을 수련해 담이 큰 정수조차도 등골이 서늘했다.

"그럼 들어가 볼까?"

정수는 등골이 서늘한 것을 느끼면서도 안으로 움직였다. 한창때이니 이런 만용을 부리는 것이다.

쩌벅쩌벅.

정수는 사방을 살피며 천천히 안으로 들어갔다.

헤드램프 성능이 좋아서인지 벽을 기어 다니는 벌레의 모습까지 잘 보였다.

"웃챠."

가끔 물이 고여 있는 곳도 있어, 점프를 해야 하기도 했다.

두두둑.

몇 십 년 만의 방문객 때문인지, 흙 알갱이가 떨어지기도 했다.

그래도 금광 탐사는 곧 끝나게 되었다.

금광이라고 하지만 노다지 광산이었으면 입구를 그렇게 쉽게 무너지게 만들지는 않았을 테고, 쉽게 잊혀지지도 않았을 것이다.

"음, 여기가 끝인가? 그래도 짜릿한 탐사였네."

아직 동굴의 끝에는 작은 구멍이 있었다. 광맥 탐색을 위해 작게 파 들어간 동굴들이었다.

그러나 아무리 정수가 간이 부었어도 그런 작은 동굴까지 기어 들어가지는 않았다.

정수는 몸을 돌렸다.

돌아가는 길은 쉬웠다. 모를 때야 한 발 한 발 조심스럽게 디뎠지만, 돌아가는 길은 빠를 수밖에 없었다.

그래도 등 뒤의 검은 어둠을 의식할 때면 가끔 소름이 돋기는 했다.

후웅~

그때, 한줄기 바람이 정수를 스쳐 갔다.

광맥을 찾느라 뚫어 둔 작은 동굴에서 불어온 바람이었다.

"흐음, 이건 냄새가 다른데……."

동굴은 광맥을 따라 움직이느라 구불구불하고, 여기저기 작은 동굴이 있었다.

그런데 탐색을 위해 판 작은 동굴에서 바람이 불었다.

무엇보다 바람에서 눅눅한 동굴과는 다른 냄새가 났다.

정수는 걸음을 멈추고 바람이 불어온 작은 동굴을 살폈다.

자세히 살피자 여러모로 특이한 모습이 보였다.

"흠, 이건 지하수 때문에 생긴 구멍인가?"

작은 동굴은 사람이 판 흔적이 보이지 않았다.

물이 흐르며 생긴 구멍처럼 보였다.

정수는 손전등을 깊이 넣어 보며 구멍의 끝을 살폈다.

후웅~

동굴도 정수의 방문을 환영하는지 훈훈한 바람을 불었다.

"여기도 환기구멍인가? 한 번 가 볼까?"

정수는 잠시 고민을 했다.

아무리 간이 부었어도 기어가야 하는 동굴에 머리를 들이밀 정도로 무모하지는 않았다.

후웅~

그런데 주기적으로 훈훈한 바람이 정수를 유혹하듯 불어 왔다.

사람을 편하게 해 주는 바람이었다. 눅눅한 동굴에 있다 보니 따듯하고 건조한 바람을 느끼게 되자 절로 마음이 편해졌다.

"무너질 것 같지는 않으니 한 번 가 볼까? 바람도 통하니 막혀 있지는 않겠지."

정수는 결정적으로 막혀 있지 않다는 점 때문에 마음이 기울었다.

그리고 몸을 낮춰 작은 동굴로 몸을 들이밀었다.

조금 기어가다 보니 천장이 높아졌다.

기어가던 정수는 몸을 일으켜 허리를 숙인 채 움직였다.

덕분에 포기하지 않고 끝까지 갈 수 있었다.

아무리 정수라도 포복으로 계속 가야 했다면 곧 마음을 돌렸을 것이다.

정수는 점점 커지는 동굴을 따라 움직였다.

"이거, 사람이 판 거네. 입구는 한 번 무너졌다가 흐르는 물에 뚫린 건가?"

동굴이 커지며 사람의 손길이 보였다. 바닥의 흙 사이로 레일의 흔적이 보이기도 했다.

그리고 곧 동굴의 끝에 이르렀다.

거기에는 상상하지 못한 광경이 기다리고 있었다.

"이건 뭐야?"

동굴의 끝에는 반구형의 작은 광장이 있었다.

정수가 예상한 환기구멍은 아니었다.

광장 한가운데에는 제단 같은 것이 있었다.

그리고 제단에는 굵은 철기둥이 기둥처럼 서 있었다.

"이건 꼭 철주 같잖아. 설마 일본 놈들 작품은 아니겠지?"

제단과 철기둥 외에 다른 것은 없는 장소였다.

그래서 쉽게 일본 놈들의 철주를 떠올릴 수 있었다.

정수는 혹시나 하며 광장 주변을 살폈다.

"흠, 좌측은 돌이고 우측은 흙이네. 뭔가 의미가 있는 장소 같기는 한데……."

광장의 좌측은 암반이고, 우측은 고운 흙이었다. 바닥도 돌과 흙이 경계를 이루고 있었다.

철주는 그 틈을 정확히 찌르고 있었다.

"지표에 박아 둔 철주는 위장이었나? 어르신, 일본놈들도 바보는 아닌가 봅니다. 금광을 파는 척하며 이런 것을 만들었으니……."

정수는 일본 놈들이 박은 철주를 헛짓이라고 말한 풍수 노인에게 한소리 했다.

철주를 박은 일본 놈도 바보는 아니었다.

금광으로 위장해 굴을 파고, 입구를 막아 놓은 것이다.

지하수로 막아 둔 입구가 뚫리고, 배포 큰 정수가 찾지 않았으면 발견되지 않았을 것이다.

"그런데 이런 짓을 했다고 산세가 바뀔까? 그냥 자기 만족인가? 이걸 만든 일본놈이 우리나라 정기를 끊었다고 좋아했을까?"

막상 눈앞의 철주를 봐도 정말 정기를 죽이고 산세를 끊었을지 의심이 들었다.

산에 비해 철주는 정말 보잘것없는 크기였다.

웬만한 바위보다 크거나 무겁지도 않아 보이는 철주였다.

물론 그렇다고 해서 이걸 그냥 두고 볼 정수는 아니었다.

"그래도 없애야겠지."

정수는 제단과 철주를 살피며 어떻게 없앨지 생각을 했다.

철주가 제법 컸다. 손으로 뽑아내기가 쉬워 보이지 않았다.

"이거, 황 노인에게 알려 주고 말까? 그런데 바닥에도 뭔가 수작을 부렸네?"

정수는 돌로 만든 제단에 뭔가 있는 것을 발견했다.

처음에는 쌓인 먼지와 흙에 가려져서 보이지 않던 것이다.

제단의 표면에 뭔가 금속으로 글이 쓰여져 있었다. 바위를 파서 금속으로 상감해 쓴 글이었다.

정수는 바닥의 흙을 치워 제단을 꼼꼼히 살폈다.

반짝!

해드램프의 불빛을 금속이 반사했다.

그런데 하얀 램프의 불빛이 누렇게 반사되었다.

"설마? 설마!"

박박~

정수는 손으로 금속을 깨끗이 닦았다.

"확실히 철은 아니고, 설마 금인가? 에이, 구리겠지. 그런데 구리가 이렇게 오랫동안 멀쩡할 수 있나? 설마, 설마?"

정수는 설마 하며 소매로 금속을 닦았다.

확실히 누런빛이었다.

제단은 누런빛 금속으로 상감되어 있었다.

흙을 치워 보니 전체적인 문양이 보였다.

한자나 일본어는 아니었다.

제단은 음양을 상징하는 막대기가 글자처럼 나열되어 있었다. 금으로 만든 음양의 괘는 철주를 동심원으로 감싸며 이어져 있었다.

"이건 또 무슨 헛짓거리지? 주역의 괘인가? 뭔가 의미가 있는 것 같은데……."

정수도 주역을 한 번 보긴 했지만 깊이 공부하지는 않았다. 그저 가볍게 훑어본 수준이라 바닥에 그려진 괘를 이해할 수가 없었다.

그래도 좋은 것이 아닌 것은 확실해 보였다.

무엇보다 구리가 아니라 금처럼 보인다는 점이다.

당연히 정수는 바닥의 금속을 캐냈다.

"흠, 나쁜 것 같으니 챙겨야지. 아니, 없애야지."

끼릭끼릭~

정수는 가방에 있던 손칼로 금을 하나하나 파내었다.

금으로 만든 음양을 상징하는 괘들은 대리석으로 제단에 박혀 있었다. 꽤 공을 들여 만든 모양이었다.

그러나 정수에게는 노다지일 뿐이었다.

정수는 돌에 박힌 누런 금속을 조심스럽게 파내 갔다.

급한 마음에 두서없이 파내다 보니, 한쪽 면의 금만 파게 되었다.

그러자 뭔가 반응이 있었다.

후웅, 후웅~

환기구멍도 없는데 훈훈한 바람이 불었다.

아니, 바람이 아니라 기운이었다.

정수는 바람이 분다고 느꼈지만, 머리카락 한 올도 움직이지 않았다.

그런데 온몸을 후끈 달아오르게 만드는 열풍이 느껴졌다.

이제야 정수도 이것이 바람이 아니라는 것을 깨달았다.

'설마 이게 지기인가?'

정수도 몸이 달아오르는 것을 느끼고 기운임을 직감했다.

정수는 몸을 일으켜 마보를 섰다.

마보는 수련이자 내공심법이었다.

정수에게는 여러 스승이 있었지만 특별한 호흡법이나 내공심법은 없었다.

호흡법에 면면부절이라는 말 이외에 다른 비전은 없었다.

십 년 넘게 마보만 익힌 것처럼 호흡법도 기본에 비전이 있었다.

단지 익히느냐, 못 익히느냐 하는 문제였다.

가느다란 호흡에 기운이 빨려 들어왔다.

화악~!

맑은 기운이 정수의 몸을 채웠다.

온몸이 탄산수에 휩싸인 것 같았고, 막혀 있던 구멍이 뚫리는 것 같았다.

발경에 이르렀어도 이런 기분을 느낀 적은 없었다.

그리고 저절로 운기가 되었다.

마보를 서면 저절로 운기가 되기 마련이다.

몸이 힘들다 보니 잘 느껴지지 않지만, 정확한 자세를 취하며 저절로 운기가 된다.

도가는 인위가 아니라 무위를 따르는 법이다.

기운이 쌓이면 흐르기 마련이고, 가만히 두면 알아서 갈 길을 가는 법이다.

물론 기운이 부족하니 쉽게 느껴지지 않고, 흐름이 약할 뿐이었다.

그러나 단전에 기운이 가득 차자 거센 흐름을 느낄 수 있었다.

일단 평소처럼 내공이 독맥을 타고 임맥으로 내려오는 원을 그렸다.

정수의 경지는 이제 소주천이 되는 수준이었다.

그래서 발경에 성공한 것이기도 했다.

광장에서 솟아오른 기운이 정수의 소주천에 힘을 실어주었다. 작던 기운이 커지고, 느리게 흐르던 기운이 폭포수처럼 빨라졌다.

질주하는 소주천의 흐름에 저절로 땅의 기운이 다리를 타고 올라오고, 손으로는 하늘의 기운이 들어왔다.

제대로 소주천이 이루어지자 땅과 하늘의 기운이 저절로 끌려 들어왔다.

마보를 정확한 자세로 서면 저절로 생기는 현상이었다.

물론 대성하려면 시간이 많이 걸린다. 허연 수염이 생길 때까지 수련해야 진짜 도인이 된다.

그러나 오늘을 맑은 비가 내리고 있었다.

일본 놈들의 수작으로 고여 있던 지기가 정수에게 쏟아지고 있었다.

그 기운이 오랜 기초 수련으로 기를 담기 위해 준비된 정수의 몸을 적셨다.

소주천의 흐름은 아직 흡수하지 못한 기운을 받아들여 갔다.

작은 선이었던 내공의 흐름은 차츰 큰 강물이 되어 흘렀다.

아직 수로를 다 채울 정도는 아니지만 큰 진전이었다.

이 수로를 다 채우면 중단전이라는 호수가 생기는 것이다.

자연스러운 흐름이 비전이었다.

정수는 오랜만에 마보를 서며 무아지경에 빠져 있었다.

운기가 되어 오랫동안 마보를 서도 다리 근육에 무리가 가지 않았다.

힘이 아니라 기운으로 서는 것이었다.

그러나 제단에 새겨진 문양을 없애자 나오게 된 기운이었다.

작은 댐에 갇힌 기운이라 많지가 않았다.

곧 기운의 흐름이 없어졌다. 터져 나온 기운은 지맥의 흐름을 타고 사라졌다.

"후우우~"

정수도 차츰 무아지경에서 깨어났다.

그리고 마보를 서던 손발을 거두어 기운을 수렴하며 수련을 마쳤다.

마보를 거두어도 소주천의 흐름이 느껴졌다. 기운이 넘치다 보니 저절로 운기가 되고 있었다.

정수는 충만한 기운에 절로 미소가 지어졌다.

손을 가볍게 뻗어도 발경이 터져 나올 것 같은 기운이었다.

"이게 명당의 기운인가? 일본 놈들의 수작이 효과가 있었네."

갑작스레 생겨난 이적에 정수는 제단과 철주의 효과를 실감할 수 있었다.

"저 철주도 어떻게든 없애야겠네. 그런데 이 금은 아까운데……. 그리고 철주를 뽑을 때 기운도 나오겠지. 바위에 박힌 것도 아니니, 도구를 준비하면 혼자 뽑을 수 있겠지."

정수는 철주를 뽑아야 하는데, 혼자 가능할지 고민이었다.

산에서 살아서 물욕이 많지는 않지만 이곳을 공개해 금을 빼앗길 생각은 없었다.

무엇보다 철주를 없앨 때 기운이 터져 나올 것 같은데, 다른 사람과 공유할 마음이 없었다.

정수는 여길 비밀로 한 채 철주를 혼자 뽑기로 결심했다.

마음을 굳힌 정수는 잠시 광장을 둘러보다가 가방을 챙겨 밖으로 향했다.

절에 도착하자 벌써 아침이었다.

정수는 냇가에 몸을 씻고 할머니를 찾았다.

"할머니, 배고파요."

"아직 공양 시간이 남았다. 스님들 아침 예불이 끝나면 같이 먹자."

"네."

절에서는 목탁 소리와 예불 소리가 은은히 울렸다.

산채 나물이 반찬인 공양 시간에도 적막이 흘렀다.

이런 적막이 산사의 분위기였다.

차를 마실 때에야 약간의 환담이 있었다.

"그런데 어제 산의 기세가 이상하던데, 귀신이라도 잡으셨는가?"

"귀신이요?"

"그래. 요즘에야 귀신이 생겨도 잡귀 수준이지만, 옛날에는 귀신도 강했지. 사람이 약해지니 귀신도 약해지는 것 같네. 그런데 어제 밤은 오랜만에 산을 울리는 파동을 느꼈네. 귀신과 싸움이라도 하셨나?"

차를 마시며 노스님이 정수에게 귀신 타령을 했다.

산을 울리던 기의 파동을 느낀 것이다.

게다가 정수의 기세가 하루 만에 변하자 뭔가 수련에 진전이 있는지 귀신 타령을 하며 물었다.

"귀신 같지는 않지만, 뭔가 있기는 했습니다. 아침이 되자 뭔가에 홀린 듯한 기분이었습니다. 특별히 다치지는 않았습니다."

산에서 살고 무협소설로 가정교육을 받은 정수에게도 꿈 같은 밤이었다. 가방에 챙긴 금 조각이 아니었으면 꿈이라고 생각할 수도 있었다.

"아미타불. 수도자가 있으니 심마도 오는 것 같네. 혈기왕성할 나이니 더욱 조심하게."

노스님은 혈기를 조심하라는 충고를 하며 염불을 외웠다.

이 말을 하려고 귀신 타령을 한 것이다.

달릴 때 삐끗하면 크게 다치기 마련이다.

그렇기에 수련은 잘될 때 더욱 조심해야 하는 법이다.

노스님은 갑작스런 정수의 변화에 주의를 줄 뿐, 특별한 조치를 취하지는 않았다.

문제는 할머니였다.

귀신이라는 노스님의 말에 정수를 싸고돌려 했다.

"뭐? 귀신? 아기야, 오늘부터 절에서 지내라. 절에는 그런 잡귀가 근접하지 못하는 법이다."

"괜찮아요. 별것 없었어요."

"아니야, 수련하다가 미치거나 반신불수된 놈들을 여럿 봤다. 오늘부터 안전하게 절에서 지내라."

"그거야 기초 없이 이상한 수련을 해서 그렇죠. 영력을 높이겠다고 접신이나 상단전 수련을 해서 그런 변을 당하잖아요. 저야 땀 흘리며 기초만 쌓고 있잖아요."

"수련은 몰라도 잠은 할미랑 같이 자자. 이제 여기서 자도 되잖아. 혹시 할미가 싫은 게야?"

"아니에요. 그럼 잠은 절에서 잘게요."

할머니의 강수에 정수는 잠은 절에서 자겠다는 타협을 했다.

"아미타불."

벌써 정수가 뭔가 벽을 보고 넘었다는 말에 스님들은 조용히 아미타불을 외쳤다.

아무나 벽을 보는 것은 아니었다. 벽에 다다랐다는 것은 수련이 경지에 올랐다는 의미였다.

스님들은 아미타불을 연발하며 자신들도 수도에 더욱 정진하겠다고 결심하고 있었다.

오해이기는 해도 정수의 실력이 일취월장한 것은 사실이었다.

챙그렁, 챙그렁.

정수는 요사채 창고에서 연장을 살펴보고 있었다.

철주를 뽑는 데 도움이 될 연장을 찾는 것이다.

그러나 도끼만 조금 도움이 되어 보이지, 눈에 띄는 연장은 없었다.

"일단 철주를 뭘로 잡아서 당겨야겠지. 시내에 나갈 수 없으니 인터넷에서 찾아볼까?"

정수는 인터넷을 하기 위해 산 아래 도천사로 향했다.

통통.

정수는 산짐승처럼 한 걸음에 몇 미터씩 뛰고 있었다.

저절로 기운이 뻗치다 보니 발에 기운이 실리는 것이
다. 이것이 바로 경공의 기초였다. 발에 기운이 실려야 경
공술도 펼칠 수 있는 것이다.

멀었던 길이 한걸음에 몇 미터씩 움직이자 금방이었다.

정수는 도천사 스님들의 양해를 구하고 인터넷에 접속
했다.

공구를 파는 사이트에 접속하니 많은 장비들이 있었다.

정수는 많은 장비 중에서 바이스, 견인기, 체인과 삼각
대, 도르레를 찾았다.

철주를 뽑을 때 도움이 될 것 같은 장비였다.

바이스로 철주를 물려 놓고, 삼각대를 세워 체인과 도
르레로 연결해, 견인기로 끌어 올릴 계획이었다.

문제는 견인기를 움직일 전원이 없다는 점이다.

정수는 충전식 견인기를 찾지 못해 결국 발전기까지 구
입 했다.

구입할 장비를 정한 정수는 사이트에 있는 번호로 전화
를 걸었다.

"네, 그 주소로 배달해 주십시오. 그럼 내일 도천사에
서 기다리겠습니다. 휴우~ 이걸로 십 년 넘게 모은 용돈
이 한 방에 나갔네."

장비가 무거워 택배 대신 용달트럭을 이용했다. 시골이다 보니 배달료도 비쌌다.

정수는 산에 있다 보니 돈을 쓸 일이 없었다.

그래서 계좌에 쌓인 용돈이 많았는데, 오늘 한 방에 쓰게 되었다.

그래도 제단의 금과 철주를 뽑을 때 나올 기운을 생각하자 마음이 가벼워졌다.

"아차, 은정이에게 전화를 해야지. 흠흠."

한숨을 돌리게 되자 정수는 어제 만난 은정이 떠올랐다.

정수는 새삼 어제 하루 만에 생긴 일들을 떠올리며, 한동안 멍하니 있었다.

'그런데 하루 만에 무슨 일이 이렇게 많이 생겼지?'

그동안 지루해 죽을 정도였는데 어제 하루는 생긴 일이 많았다. 심마라고 생각할 수 있을 정도의 일이 연이어 생긴 것이다.

"역시 찝찝한데. 그래도 십 년을 기다릴 수는 없지. 은정이도 놓칠 수는 없고."

정수는 머리가 복잡했지만, 체질을 고치기 위해 또 십 년을 수련할 수는 없다고 다짐했다.

그리고 첫눈에 인상이 박힌 은정도 포기할 수 없었다.

위험한 줄 알면서도 가야만 하는 길이 있다.

그래서 심마에 걸리는 것이기도 했다.

정수는 주머니에 넣어 둔 종이를 꺼내 은정이의 이름과 전화번호를 되뇌었다.

그리고 요사채에 있는 전화를 들었다.

"후우, 후우~"

정수의 숨소리가 커졌다. 마음에 든 여자에게 처음으로 전화하는 것이 쉬울 리가 없었다. 손도 떨려서 전화기를 들기도 벅찼다.

'윽, 역시 심마야. 그렇다고 물러설 수는 없지.'

정수는 다시 마음을 다잡고 전화번호를 눌렀다.

띠리리링~

신호와 함께 컬러링 소리가 들렸다.

—여보세요?

"저어, 저어…… 저, 정수인데……"

정수는 더듬거리며 자신을 알렸다.

그래도 처음 전화에 이름을 말했으니 남자 망신은 아니었다.

다행히 은정도 정수의 전화를 반가워했다.

—어머, 정수구나! 지역번호 보고 혹시나 했어.

그런데 그때, 주변에서 이상한 잡소리가 들렸다.

마침 친구들이 같이 있는 것 같았다.

—정수야? 이틀 만이네. 제법 용기가 있는데?

—내기는 내가 이겼네.

—순진해 보이더니 무슨 이틀 만에 전화야? 한 달은 걸렸어야지. 이건 무효야!

물론 은정의 목소리에 머리가 하얗게 된 정수는 주변의 잡소리를 듣지 못했다.

정수는 머리를 흔들어 정신을 차리고 말을 이었다.

"으음, 그런데 잘 돌아갔죠?"

—그래, 별일 없었어. 너도 몸은 괜찮아?

"제가 몸은 튼튼해요."

—전에 보니 발진이 생기던데…….

"저 건강해요. 제가 발경도 할 수 있어요. 제 주먹에 나무가 팍팍 부서져요."

—발경? 호호!

—뭐래? 발경이 뭐야? 계집애야, 뭔데 웃는 거야?

—발경이면 그 무협 소설에 나오는 거 아니야?

—애 정말 웃기네. 발경?

발경이라는 말에 은정이 웃음을 보였다.

옆에서 친구들이 또 추임새를 넣었다.

'제기랄, 왜 발경 얘기는 꺼내서.'

은정의 웃음에 정수도 제정신이 들었는지 쏟아 낸 말을 후회했다.

연애 초보자일 때는 늘 후회하기 마련이다.

"잘 돌아갔는지 걱정되어 전화했어요. 그럼 다음에 또 전화할게요."

―응, 그래. 자주 전화해.

"네에~"

괜히 발경이라는 말을 꺼냈다고 자학하던 정수는 다음에 전화한다고 말하며 끊었다.

다행히 은정도 다시 전화하라며 용기를 주었다.

자학하던 정수도 은정의 말에 용기를 얻고 다시 기분이 좋아졌다.

상대의 말에 천당과 지옥을 오가는 것이 연애였다.

정수도 누구나 거치는 과정을 이제야 한 걸음 걷게 되었다.

'또 전화하라고 했지? 흐흐, 어서 몸이 나아서 서울에 가 봐야지.'

전화 통화는 엉망이었지만 끝이 좋아서인지 정수는 만족했다. 반한 여자에게 처음으로 전화해서 이정도면 선방한 것이다.

정수는 기분 좋게 강룡사로 돌아갔다.

그리고 암자로 가서 수련을 시작했다.

어젯밤에 흡수한 기운이 많았다.

정수는 마보를 서며 임독맥을 도는 기운과 손과 발로 흡수되는 기운을 다시 느꼈다.

그리고 차츰 무아지경에 이르렀다.

힘든 수련도 잘될 때는 시간 가는 줄 모르게 할 수 있었다. 이렇게 해야 수련이 진전이 있게 된다.

"정수야. 정수야!"

저녁이 되어도 정수가 오지 않자 할머니가 걱정이 되는지 암자를 찾았다.

"어! 아, 예, 할머니."

"별일 없지?"

"네, 수련이 잘돼서요."

"그래, 잘된다고 너무 무리하지 마라. 원래 뭐든지 무리하다가 잘못되는 거야."

"네."

정수는 무아지경에서 나와 할머니의 부름에 답했다.

"이럴 때일수록 조심해야 하는 법이다. 이제 아침에만 수련하고 도천사에 놀다가 와라. 너도 이제 세상에 적응해야지. 그리고 아직 고등학교 검정고시는 안 봤지. 저녁에는 검정고시 준비를 하자."

할머니는 게으름 피우던 정수가 갑자기 수련에 매진하자 걱정이 되는 것 같았다.

이렇게 수련이 잘되거나 무언가 이루려 할 때 심마가

오는 법이다. 무언가 이루려 조급해할 때 스스로 발이 꼬이는 것을 심마라고 하는 것이다.

할머니는 정수에게 여유를 주어 급한 마음을 다독이려 했다.

물론 정수는 그런 상황까지는 아니었다.

"네, 저도 검정고시는 생각하고 있었어요."

"그래, 우리 손자 장하다. 대학도 가야지."

"네."

정수는 초과민성 공황장애라는 병원의 진단에 재택 교육으로 대체하고 있었다.

물론 심심할 때 가끔 책을 보는 수준이었지만 초등, 중등 검정고시는 쉽게 통과할 수 있었다. 중등 과정까지는 통과하는 것이 그렇게 어렵지 않았다.

오히려 공부보다는 대전에 나가 시험을 보는 것이 고역이었다.

정수는 발진과 가려움과 콧물 등을 참으며 고사장에서 시험을 봐야 했다.

그런 모습에 감독관들도 초과민성 공황장애라는 병명이 무슨 뜻인지 알 수 있었다.

'금으로 만든 문양이 진법인가? 이런 식이었지?'

정수는 고등학교 과정 책을 펴놓고 제단에 새겨져 있던 문양을 떠올렸다.

뭔가 효과가 있던 문양이었다.

풍수를 가르친 황 노인이 준 것 중에는 기문둔갑에 대한 책도 있었다.

물론 너무 어렵고 믿기 어려워 훑어보지도 않은 책이었다.

책을 전한 황 노인도 그저 보관만 하던 책이었다.

풍수를 하다 보니 황 노인 손에게 그런 책이 들어온 것이다.

'풍수노인도 기문둔갑은 배우지 못했다는데. 검노인에게 물어볼까? 에이, 그만두자. 기문둔갑 책은 보기만 해도 어지러운데, 그냥 사진으로 찍어만 둬야지.'

정수는 제단에 새겨진 문양을 알아볼 생각을 단념했다. 손에 있는 책도 안 보고 있는데, 문양을 연구할 생각은 없었다.

"머리가 복잡하냐?"

정수가 책장을 넘기지 않고 생각에 빠져 있자 할머니가 질문을 던졌다.

"아니에요. 고등 과정을 공부하니 곧 세상에 나가야 한다는 생각이 들어서요."

"세상살이가 산속보다 쉽지는 않지만, 계속 여기 있을 수는 없어. 평생 산속에 있던 도인들을 봤지만 다들 해 보지 못했던 것들을 후회하더구나. 사람으로 태어났으면 결

혼도 하고, 세상도 한 번 휘저어 보는 것이 좋은 삶이야."

"네. 세상에 나가서 그동안 못했던 것을 모두 해 보며 살겠어요."

"그래야지. 어서 산에서 내려가 색시도 데려오고 해야 지."

"네."

절에서 스님들 뒷바라지를 하는 할머니가 평탄한 삶을 살았을 리는 없었다.

그런데 오래도록 산에서 조용한 삶을 살아서인지 세상 에서 화통하게 사는 것도 동경하는 것 같았다.

인간은 항상 누리지 못한 것을 바라고, 후회하는 인생 을 사는 법이었다.

그런데 문제는 정수에게 큰 영향을 미치는 사람이 바로 할머니라는 사실이었다.

스님들이나 정씨, 여러 노인들은 정수에게 이런 내밀한 말이나 삶에 대해 늘어놓지 않았다.

그들이 그렇게 살지 않아도 정수 앞에서는 수련이 무 엇보다 중요하다는 듯이 행동했다. 비전을 전해야 하니 수련을 방해하는 말을 하지 않는 것이다.

그래서 오직 할머니만이 정수에게 큰 영향을 미칠 수 있고, 삶의 방향을 정해 주는 말을 해 주고 있었다. 자신 이 하지 못했던 삶을 정수에게 말해 주는 것이다.

정수는 어려서부터 조금씩 할머니의 영향으로 화끈하고 시원하게 사는 것이 좋다는 생각이 주입되고 있었다.

다음 날, 정수는 지게를 지고 도천사로 내려갔다.

배달 트럭은 약속된 시간을 조금 지나서 도착했다.

장비들은 박스에 실려 있어 옮기기는 편했다.

정수가 지게에 박스들을 올리니 도천사 총무스님이 말을 걸었다.

"아니, 무슨 물건을 이렇게 많이 시켰는가?"

"암자도 밝힐 겸 발전기와 여러 물건을 샀습니다."

"벽에 막혔다고 너무 그러지 말게."

"네. 이제 돈도 없습니다."

총무스님이 한소리 했다. 무소유를 실천하던 정수가 과소비를 했으니 걱정이 되는 것이다.

정수는 배달된 박스를 지게에 올려 산을 올랐다. 박스가 크고 무겁기는 해도 지게에 모두 실렸다.

그리고 이제 내공의 고수인 정수에게 이 정도 짐은 버겁지 않았다.

"걱정이네."

그 모습을 총무스님이 지켜보며 살짝 걱정을 했다.

"스님, 김 처사가 심마와 싸웠다는 소문이 있습니다. 강룡사 보살님이 여유를 가지라고 수련을 못하게 할 정도라는데요?"

절에는 이런저런 이유로 머무는 사람이 있고, 산속에는 수련하는 사람들도 많았다.

물론 진짜 수도자는 아니고 신통력을 얻으려는 무속인들이 대부분이었다. 교회도 많아졌지만, 점집과 철학원도 많아진 세상이었다.

무속인들은 비전을 배운다는 정수를 자주 염탐하고 있었다. 비전을 알아도 익히기 힘들다는 것은 알지만, 탐욕을 막을 수는 없었다.

그런데 정수가 갑자기 많은 물건을 쇼핑했다고 하자 구경하는 눈이 있었다.

그중 귀가 크고 발이 넓은 사람이 총무스님에게 슬쩍 질문을 던졌다.

"아무리 어려서부터 수련했어도 벌써 그 정도는 아니야."

"하지만 많은 분들이 얼마나 끼고 돌았습니까? 배운 것이 정말 많지 않겠습니까?"

말하는 뉘앙스가 시샘이 서려 있었다.

문턱이 닳도록 찾아가도 배우지 못하는 것을, 누구는 앉아서 배우고 있으니 당연한 반응이었다.

"수도라는 것이 많이 안다고 경지가 높아지겠습니까? 김 처사도 십 년 넘게 마보만 섰습니다. 처사님도 멀리서 많이 지켜보지 않았습니까?"

"그래도 이름 높은 분들이 많이 다녀가지 않았습니까?"

"그릇이 있어야 채우지 않겠습니까? 김 처사도 그릇이 만들어지자 여러 고인들께서 찾아오는 것 아니겠습니까?"

"허어, 알아도 못하니 문제죠."

둘은 짐을 지고 산을 오르는 정수를 보며 여러 말을 나누었다.

수도라는 것이 어렵고도 쉬운 것이라 난해한 것이다.

장비들을 짊어진 정수는 암자에 도착했다.

그리고 박스를 열어 장비를 확인했다.

그런 뒤, 설명서를 읽고 시운전도 해 보며 장비를 익혔다.

위이잉~

들썩들썩!

체인에 연결된 바위가 들썩거렸다.

견인기가 큰 바위를 들어 올릴 정도로 힘이 있었다.

"이 정도면 충분하겠지."

정수는 장비를 시험하고 만족해했다. 충분히 땅에 박힌 철주를 들어 올릴 힘이 있어 보였다.

정수는 장비를 다시 박스에 담아 광산 근처로 옮겼다.

삽과 해머 등의 장비와 통로를 보강할 나무들도 만들어

두었다.

그리고 로프에 묶어 환기구멍으로 하나씩 내렸다.

아직 해가 남아 있어 좁은 통로를 나무들로 보강해 두었다.

"휴~ 이제 준비는 끝났네. 그럼 내일 끝내야지."

정수는 흔적을 지우고 암자로 돌아갔다.

다음 날 아침, 공양이 끝나고 정수는 광산으로 내려왔다.

그리고 박스를 하나씩 광장으로 옮겨 장비를 꺼냈다.

철주에 바이스를 물리고 도르래를 설치했다.

위이잉~

우웅~

그리고 발전기를 켜 견인기를 작동시켰다.

들썩들썩~

도르래를 고정시킨 삼각대가 땅을 파고들며 들썩거렸다.

그르륵~

바이스로 물려 둔 철주도 흔들리며 긁는 소리가 났다.

땅땅~

정수도 해머로 철주를 내려쳐서 공간을 만들며 견인기를 도왔다.

그륵그륵~

마침내 철주가 들썩거리며 천천히 뽑혀져 나왔다.

일단 움직이기 시작하자 힘없이 빠르게 뽑혀 나왔다.

철그렁~

1미터 정도 박혀 있던 철주가 뽑혀져 나와 땅에 널브러졌다.

정수는 발전기와 견인기를 끄고, 철주가 뽑혀져 나온 구멍을 살폈다.

그러나 정수가 기대한 반응이 없었다.

"뭐야? 기운은 안 나오나? 설마 금 조각 없앨 때 나온 기운이 끝인가? 에이, 일본 놈들, 잘 좀 하지."

기대했던 지기가 나오지 않자, 정수는 애꿎은 일본 놈들을 탓했다.

그러나 철주를 뽑은 것이 마냥 헛짓은 아니었다.

우우웅~

주르륵~

무언가 울림이 있었다.

산이 운다는 표현이 적절한 단어였다.

그리고 철주가 박혀 있던 구멍에서 뭔가 솟아올랐다.

물 같은데 조명 때문인지 우윳빛이었다.

"지하수인가? 이거, 물바다 되기 전에 나가야 하나? 금도 다 못 파냈는데……. 진작 챙겨둘걸."

정수는 솟아나는 물에, 아직 제단에 있는 금으로 된 문양을 챙기지 못한 게 아까웠다.

그러나 지하수가 터졌으니 바닥의 금을 파낼 시간은 없었다.

통로를 보강해 두기는 했지만 물이 흐르면 무너질 수도 있었다.

그러나 정수의 걱정은 괜한 기우였다.

향긋~

솟아나는 지하수에서 뭔가 향기가 났다.

그리고 지하수가 흘러넘치지도 않았다.

잠시 솟았던 물은 힘이 다했는지 가라앉으려 했다.

"킁킁~"

정수는 본능적으로 물에서 나오는 냄새를 맡다가 맛을 봤다.

"오오~!"

정신이 번쩍 나는 맛이었다.

후루룩~

정수는 재빨리 입에 가져다 우윳빛 물을 마셨다.

그러나 철주가 박힌 구멍은 작고, 솟았던 물은 빠르게 가라앉았다.

"물병!"

정수는 서둘러 가방에 있던 물병을 비우고, 구멍에 넣

어 우윳빛 물을 담았다.

다행히 철주 구멍은 플라스틱 물병이 들어가기에 적당한 넓이였다.

정수는 물병에 우윳빛 물을 담을 수 있었다.

"뭐지, 이건? 정말 우윳빛이네."

정신없이 움직여 솟아난 물을 병에 담자 그제야 머리가 돌았다.

의문을 풀 길은 없지만, 몸이 반응하고 있었다.

후끈후끈~

한 모금 마신 것이 효과가 있는 것 같았다.

정수는 속에서 일어나는 열기에 주저없이 마보를 섰다.

온몸을 달구는 열기였다.

기운이라고 말하기도 어려운 열기였다.

정신까지 아득하게 만드는 열기였다.

띠잉~

정수는 기운에 취해 무아지경에 이르렀다.

그리고 시간이 흘렀다.

"하아~ 응?"

어느새 한숨이 흘러나오는 것과 함께 의문이 들었다. 갑작스런 기운의 폭풍에 오락가락했던 정신이 든 것이다.

"오오~!"

그리고 감탄성이 나왔다. 온몸에 날아갈 듯하고 힘이

넘쳤기 때문이다.

정수는 장비와 금 조각은 신경도 쓰지 않고, 물병을 가지고 암자로 돌아왔다.

우윳빛 물이 진짜 보물이고 영약이었다.

정수는 광산에서 진짜 노다지를 발견한 것이다.

4

소성

秋癢手遇　面山　不瘥手遇　面

避踵行路咸以餞之　避踵行路咸以餞之

春秋六十有二其年春秋六十有二其年

辭此下方觀乾他方辭此下方觀乾他方

路賢人同鬼神所　路賢人同鬼神所

永徽三年七月廿一日　永徽三年七月廿一日

정수는 암자를 뒤져 작은 유리병들을 구했다.

찾아보니 과즙 음료를 담던 병 3개가 나왔다.

정수는 병들을 아주 깨끗하게 반복해서 닦았다.

우윳빛 액체를 담아 두기 위해서다.

영약을 플라스틱 병에 담아 두기에는 왠지 불안했다.

그리고 장기 보관을 위해 유리병에 담아야겠다고 생각했다.

그리고 한 병에 모두 담을 수도 없었다.

한 모금에 온몸을 태울 듯한 열기를 느꼈다.

그러니 복용할 때 한 병을 모두 마실 수는 없었다.

작은 병 여러 개에 나눠 담아 조금씩 마실 생각이었다.

조르륵~

정수는 주의를 다해 작은 병에 우윳빛 액체를 담아 밀봉했다.

향긋~

그런 과정에서 향긋한 향기가 퍼져 나왔다.

'역시 영약! 그런데 이거, 장기 보관하면 효력이 없어지는 것은 아니겠지? 일단 반만 먹을까? 아니, 위험해. 3분의 1을 먹을까? 아끼다 똥 되면 안 되는데…….'

정수는 우윳빛 물을 보며 얼마나 먹고 보관을 해야 할지 고민에 휩싸였다.

한 모금의 위력을 겪어 보니 쉽게 흡수할 만한 영약은 아니지만, 아끼다 효력이 없어질까 걱정하는 것이다.

그러던 중 자연스럽게 고민이 해결되었다.

작은 병 3개에 담다 보니 플라스틱 물병의 4분의 1쯤이 남은 것이다.

'아깝다. 이럴 줄 알았으면 물병을 많이 준비해 둘걸.'

정수는 새삼 한 병밖에 못 건진 것이 아쉬웠다.

벌써 오후가 되고 있었다.

그러나 이 영약을 두고 쉴 수는 없었다.

정수는 유리병들을 잘 숨겨 두고, 남은 액체를 꿀꺽 삼켰다.

후끈후끈~

역시 꿈이 아니었다.

온몸이 타오를 정도로 열기가 다시금 끓어올랐다.

정신이 아득해질 정도의 열기와 기운이었다.

정수가 느끼는 열기는 기운이었다. 엄청난 기운이 일어
나다 보니 열기로 느끼는 것이다.

정수는 열기를 느끼고는 마보를 섰다.

정수는 새삼 튼튼한 기초를 느끼고 안심을 했다.

이런 엄청난 기운을 정신력과 호흡법만으로 인도할 수
는 없었다.

그러나 몸은 정직했고, 단순했다.

십 년 넘게 서 온 마보였다. 마보를 서자 편안함을 느
꼈다. 불같이 일어나는 기운은 마보의 자연스러운 흐름에
이끌렸다.

우웅~

빈 그릇에 물이 채워지고, 튼튼한 기초에 기둥이 세워
지고 있었다.

내공을 모으기 어려운 세상이었다.

백여 년 전만 해도 세상은 수천 년 전과 비슷했는데,
짧은 시간에 천지개벽을 한 셈이었다.

기술이 기하급수적으로 발전하는 것에 맞춰 자연도 기
하급수적으로 파괴되고 있었다. 깊은 산이라 해도 인적과
도로와 인공물이 없는 곳이 드물었다.

그런데 우윳빛 액체는 옛날에도 있었을 것 같지 않은 영약이었다.

일본 놈들의 수작에 지기가 쌓여 만들어진, 기운이 가득 담겨 있는 액체였다.

정수에게는 최고의 보물이었다.

정수는 액체에 담긴 기를 흡수하며 한껏 그릇을 채워갔다.

그릇을 만들어도 채울 기가 부족한 세상이었다.

그러나 이 순간 정수의 그릇이 가득 차고 있었다.

임독맥을 따라 원을 그리던 기운이 경맥을 가득 채우고 있었다. 점과 선이 아니라, 완전한 원을 만들어 흐르고 있었다.

완전한 소주천의 흐름에, 팔다리를 통해 하늘과 땅의 기운이 연결되었다. 원심력이 생기는 것인지 팔다리로 기운이 빨려 들어왔다.

그리고 강물이 넘쳐흐르자 호수가 필요해졌다.

소주천을 완성하자 중단전이 열리고 있었다.

소성을 이룬 것이다.

빨라야 십 년을 생각한 기간이 하루로 단축되었다.

물론 너무 빨리 그릇을 채운 셈이었다.

그릇을 더 키워 대기만성할 수도 있었다.

그러나 그릇을 만들어도 채우기 쉽지 않은 세상이었으

니, 그런 단점은 감수할 만했다.

그릇을 더 키우고 채우려 했다면 정말 60년도 짧은 것이다. 옛날 도인들처럼 백발이 될 때까지 수도를 해야 달성할 수 있는 목표인 것이다.

"우우우~!"

중단전이 열리며 기운이 끓어오르자 저절로 웅혼한 고함이 일어났다.

사자후였다.

내공이 중단전을 채우다 넘쳐서 입으로 터져 나오는 것이다. 아직 중단전이 제대로 만들어지지 않아 넘치는 기운을 소화하지 못하는 것이다.

단전도 개척해야 넓어지고 사용할 수 있었다.

정수의 중단전은 이제 시작이었다.

정수의 웅혼한 고함은 오래도록 이어졌다.

이 고함은 호흡이 아니라 기로 내는 것이라 끊임이 없었다.

더 수련해 준비를 갖췄다면 이 기운으로 중단전을 넓히고 상단전까지도 인도할 수도 있었으리라.

그러나 과유불급이니 사자후로 넘치는 기운을 처리한 것은 좋은 선택이었다. 넘치니 흐르고, 과하니 몸이 알아서 내보내는 자정작용이었다.

넘치는 기운을 처리한 정수는 묵묵히 나무처럼 땅에 뿌

리를 박고 서 있었다.

"아이구, 정수야!"

"어허, 수련 중입니다."

"저 소리를 못 들었습니까? 정수를 찾아야 합니다!"

"어허, 저건 사자후입니다. 저 소리에 불안하고 흔들리
는 기색이 있습니까? 사자후라는 말이 떠오르는 소리입니
다. 정말 맑고 마음을 울리는 외침이었습니다. 아미타불."

정수가 산을 울리는 소리를 내자 할머니는 암자로 뛰어
가려 했다.

그러나 노스님이 할머니를 말렸다.

정수의 외침에 흔들림이 없음을 알아챈 것이다.

그리고 이렇게 오래 산을 울리는 외침은 사자후밖에 없
었다. 절의 타종 소리는 이 사자후를 모방한 것이기도 했
다.

노스님의 수련은 정수보다 깊지만 길이 달라 이런 사자
후를 낼 수는 없었다. 정수도 경지가 높아서 낸 것이 아니
라, 기운이 넘쳐서 터져 나온 것이기는 했다.

"그렇기는 하지만……."

"김 처사가 대공을 이룬 것 같습니다."

"정수는 아직 어리지 않습니까."

"깨달음이 어디 나이를 따집니까? 정말 요즘 세상에 보

기 드문 쾌거입니다."

"그래 봤자 스님이나 괴물 같은 노인네보다야 못하지 않습니까?"

"하하, 김 처사 나이가 얼마입니까? 소성을 이뤘으니 이제 수련의 시간이나 장소를 따질 필요는 없게 됐습니다. 세상으로 나가겠지만, 나이가 들면 수련은 자연히 깊어질 겁니다."

"그렇게 말씀하셔도 우리 정수는 수도에 마음이 없습니다. 우리 정수는 참한 색시 만나 아들딸 낳고 행복하게 살 겁니다."

"아미타불, 사람의 앞날을 어찌 알겠습니까? 다 인연 따라 움직이는 것입니다."

정수는 오래도록 마보를 서며 넘쳐 나는 기운을 소화했다.

기운이 뒷받침하지 못하면 명상도 오래도록 유지하지 못한다. 명상은 정신력과 기력을 상당히 소모하는 행위였다.

정수는 맑고 넘치는 기운 덕분에 오래도록 무아지경에 머물고 있었다.

어느덧 별빛이 내리는 밤이 되었다.

그리고 부엉이가 스치는 소리에 정수가 깨어나게 되었

다.

"후우~ 벌써 밤인가? 할머니가 걱정하시겠네."

정수는 넘치는 내공을 갈무리하며 수련을 마쳤다.

"아이구, 우리 아기! 별일 없었지?"

"수련하다 어두워졌는 줄도 몰랐어요. 이제 늦지 않을
게요."

"그래그래. 우리 아기 장하다."

넘치는 기운 덕분에 하루 종일 무아지경에 머물렀지만,
정신력의 소모가 컸다. 정수는 할머니가 챙겨 준 밥을 먹
고 방에 들어가 잠에 들었다.

소성을 이뤄 이제 세상에 나갈 수 있게 된 날이었다.

어린 정수가 경지를 넘는 모습을 보이자 강룡사의 스님
들도 예불을 거르며 용맹정진에 나섰다.

그리고 산 아래에도 소문이 퍼졌다.

"자네도 들었나?"

"그거, 종소리 아니었나? 에밀레종이 그렇게 여운이 오
래간다고 하지 않는가? 누가 카세트로 에밀레종 소리를
틀은 것 아닌가? 수련한다고 미친 짓을 하는 놈들이 많잖
은가?"

"어허, 그게 사자후래. 강룡사의 김 도령이 냈다는 소

문이야."

"소문은 들었지만, 아직 20살도 되지 않았잖아. 아무리 여러 어른이 끼고 돌았어도 사자후는 좀 아니네."

"천상검께서 김 도령을 가르쳤다는 소문도 있는데, 혹시 그분이 아니었을까?"

"그런 분이 소란스럽게 할 리 있겠는가? 하여간 김 도령이 심마를 만나 벽을 넘으며 대공을 이뤘다는 소문이야."

"벽은 무슨. 내가 평생을 바쳤어도 벽은 구경도 못했네. 차라리 벽이라도 봤으면 좋겠어."

"역시 소문이 다 그렇지. 하여간 김 도령은 복도 많아. 소문의 반만 사실이래도 배운 비전이 몇 개인가."

"부럽기는 하지. 그래도 어려서부터 고생했으니 그 정도 하는 거겠지."

"에이, 나도 비전의 한 자락만 배웠어도 여기 있지는 않을 텐데……."

속리산 자락에 사자후에 대한 소문이 은근히 퍼졌다. 천둥소리라는 소문부터 에밀레종 소리라는 소문까지 별의별 분석이 많았다.

그리고 정수가 지른 사자후라는 소문도 있었지만, 나이 때문에 묻혔다.

아무리 대단해도 아직 어린 나이였다. 정수 나이에 발

경을 한 것도 대단한 것이었다. 그렇기에 속리산을 울릴
정도의 내공을 쌓았다는 말을 믿을 사람은 없었다.

수련 좀 했다는 사람들은 더욱 정수에 대한 소문을 믿
지 않았다.

"우리 아기, 이제 내려가는 건가? 훌쩍."

"아니에요, 아직 익히지 못한 것이 많아요. 아직 성인
도 아닌데 서둘러 내려갈 생각은 없어요."

"어서 공부도 하고 연애도 해야 하는데…… 너는 노인
네들처럼 산에 머물 생각은 마라."

"네. 저도 산이라면 지긋지긋해요. 할머니만 없으면 벌
써 내려갔을 거예요."

"할미 때문에 여기 있지는 말고."

"아니에요. 아직 좀 부족해서 그래요."

"그래."

정수는 이제 내공이 흘러넘쳐 자연스럽게 몸을 감싸고
있었다. 약하게나마 기운이 몸을 감싸 예민한 체질을 극
복한 것이다.

억지로 끌어 올린 기운이 아니라 자연스럽게 흐르는 기
운이라 언제나 몸을 보호하고 있었다.

어려서부터 산에서 살아온 목적을 이룬 셈이었다.

그래도 아직 익히지 못한 것이 많았다.

정수는 아직 시간은 많으니 조금 더 수련하기로 했다.

여기서 그만두기에는 지나온 시간이 아까웠다.

이제부터는 비전을 배우는 단계였다.

정수는 우선 검노인에게 배웠던 경공부터 익혔다.

경공은 정수가 가장 익히고 싶어하던 비전이었다.

문제는 기운이 자연스럽게 흘러넘치는 경지가 되어야 경공을 익힐 수 있었다.

내공이 넘쳐 저절로 몸이 가벼워지는 경신의 경지가 되어야 경공도 익힐 수 있었다.

그전에도 발경처럼 억지로 쥐어짜면 잠깐은 몸을 날릴 수 있겠지만, 나뭇가지를 밟고 다니는 진짜 경공은 보일 수가 없었다.

검노인은 정수가 어쩔 수 없이 그 경지까지 익혀야 하는 체질 때문에 경공을 미리 가르쳐 준 것이다.

휘익, 휘익, 휙.

정수는 날 듯이 방향 전환을 하며 나무를 넘어 다녔다.

내공이 없을 때는 지렁이가 기어가는 것 같던 보법과 경공이었다.

그러나 이제는 제비처럼 가벼웠고, 원숭이처럼 나무를 타고 다니게 되었다.

불가능해 보이던 경지가 이제는 자연스럽게 할 수 있는 기술이 되었다.

역시 배우는 것보다 익히는 것이 문제였다. 내공이 없으면 배울 수도 없는 보법이고 경공이었다.

검노인도 정수가 발경의 경지를 넘자 가르친 기초였다.

정수는 허공에서 방향 전환하는 방법을 연습하다가 검을 들었다.

천천히 검을 뽑으며 빗줄기처럼 휘둘렀다.

세법이었다.

일본의 검처럼 자르는 검이 아니었다.

바람처럼 스치는 검이었다.

스윽, 스윽. 쉐에엑.

가볍게 스쳐 가는 검에 자연스럽게 내공이 흘러갔다.

그리고 바람 같고 빗줄기같이 움직이는 검에 검기가 서렸다.

이제는 부드러운 바람 같은 검이 아니었다. 스치는 검에 나무들이 잘려졌다.

이것이 세법의 진정한 구현이고 위력이었다.

검기가 실리자 세법의 본래 뜻이 드러났다.

검기가 실리면 치거나 자를 필요가 없었다. 스치듯 지나가는 세법은 이런 경지에서 검을 쓰는 법을 가르쳐 주고 있었다.

그래도 아직 모자라는 면도 있었다.

"역시 내공이 너무 강해. 베어도 피부에는 상처가 없어야 한다고 했는데, 나무가 그냥 갈라지네. 내공이 넘쳐도 문제야. 아직 소화를 못한 것이겠지."

검에 나무들이 잘라지자 정수는 수련을 멈췄다.

세법은 베어도 상처를 남기지 않는 검법이었다. 내공은 넘치게 되었지만 기술은 퇴보한 셈이었다.

쿵우~ 파아앙! 쿵, 파싹!

정수는 다시 마보와 기본공을 수련하며 넘치는 내공과 기술을 가다듬었다.

진각을 넣던 기본공도 원래대로 흐르듯이 수련했다.

이제 진각이 필요하지도 않았다.

오히려 내공이 넘쳐서 문제였다.

춤과 같던 기본공도 내공이 면면히 실리자 무서운 위력을 보였다. 스치는 주먹에 나무들이 터져 나갔다.

'한동안 마보만 설까? 힘 조절도 못하는데 손발을 움직일 수는 없지.'

잠시 날뛰던 정수는 힘을 주체하지 못하는 것을 느끼고, 허리를 낮춰 기본으로 돌아갔다.

돌고 돌아 마보로 돌아간 것이다.

"그 소문이 사실일까?"

"사자후 소리는 분명해. 그건 스피커 따위에서 나오는 소리는 아니었어."

"그렇지? 자네도 그걸 직접 들었으니 사자후라고 생각하는군."

속리산 자락에서 수련을 하다가 직접 사자후를 들었던 사람들도 있었다.

그런 사람들은 테이프 소리라는 소문을 믿지 않았다.

그리고 누가 사자후를 냈느냐는 문제에 이르렀다.

"자네도 천상검에 대한 소문은 들었지?"

"소문은 들었지만, 그런 분이 설마 소란스럽게 하겠는가?"

"그럼 누구겠나?"

"강룡사 노스님의 법력도 깊네."

"그분이 내셨으면 말이 나왔겠지. 아무리 작은 암자지만 지내는 사람이 많아."

"그만 터놓고 말하지. 승천굴에서 치성을 들이던 보살들이 그 소리가 강룡사 근처에서 났다고 하네."

"오봉계곡에서 치성을 들이던 강 보살도 그런 소리를 했지."

"역시 김 도령이겠지?"

"그렇게 생각은 하는데, 나이가 문제야."

"어려서부터 제대로 수련했으니 사자후도 불가능한 것은 아니지. 그리고 배운 비전이 얼마인가?"

"그렇지."

"음부선사님 때문에 감히 욕심을 내기 어렵지만……."

"천상검님은 어떻고? 내가 그 비전을 배웠으면……."

"그렇지?"

두 사람은 은밀히 눈빛을 교환했다.

정수의 진전을 실감하다 보니 자연히 비전에 욕심이 나는 모양이다.

이제껏 이들의 욕심을 누른 것은 정수를 가르친 사람들의 명성이었다.

특수한 분야이다 보니 의외로 좁은 바닥이었다.

정수의 암자에 있는 비급이나 법기를 탐낸다고 해도 뒷감당이 어려웠다. 한 다리 건너면 다들 아는 사이라, 숨는다고 숨을 수도 없었다.

그러나 정수의 사자후를 듣고 나니, 욕심이 이성을 흐리는 것 같았다.

자신도 비전을 배웠으면 그런 경지에 올랐을 거라는 생각이 드는 것이다.

"김 도령이 워낙 많이 배우다 보니 수습이 어렵다는데……."

"그렇지. 귀한 비급이 암자에 굴러다닌다는데……."

눈빛을 교환한 두 사람이 몸을 일으켰다.

산속에서 수련하던 두 사람이라 챙길 짐이 없었다.

그리고 정수를 가끔 훔쳐보기도 해서 정보도 충분했다.

두 사람은 바로 일을 벌이기로 했다.

우웅~

정수는 넘쳐 나는 기운을 다스리기 위해 마보를 서고
있었다.

그런데 손발을 통해 저절로 흡수되는 기운에 대기가 울
리고 있었다.

너무 강한 내공 탓에 대기까지 울리는 것이다.

아직 내공을 제대로 수습하지 못했다는 증거였다.

그래서 요즘에는 밤까지 마보를 서는 일이 많았다.

내공 때문에 힘들지도 않으니, 저녁이 되어도 계속 수
련하는 것이다.

"후우우~"

정수가 손발을 거두며 수련을 마쳤다.

접근하는 자들을 느낀 것이다.

정수의 암자를 털러 오는 자들이었다.

정수가 밤이 되면 절로 간다는 것을 알고 다가오는 것
이다.

게다가 정수가 암자에 불을 켜 두지도 않았으니, 정수
가 강룡사에 있다고 생각하고 안심하며 다가오고 있었다.

'뭐지? 설마 저놈들이 내 영약을 알고 오는 건가?'

암자에는 노인들이 준 비급이나 법기들이 있었다.

그러나 정수는 그것들을 보물이라고 생각하지는 않고 있었다. 다른 사람들에게는 귀한 비전이고 보물이겠지만, 정수에게는 잡동사니였다.

그러나 우윳빛 영약은 달랐다.

정수는 접근하는 사람들을 느끼고 걱정이 들었다.

그래서 인기척을 내지 않고 사람들의 동향을 살폈다.

예전 같으면 인기척을 내서 쫓아 보냈을 것이다.

가끔 수련을 훔쳐본다고 접근하는 사람들이 있었다.

여러 노인들의 명성 때문에 도둑질은 못해도, 눈동냥을 하려는 사람이 많았다.

하지만 정수는 너무 다가오지만 않으면 모르는 척하는 편이었다.

그러나 이제는 상황이 달랐다.

"역시 없지?"

"요즘 밤에는 절에서 지낸다고 하네."

"저 방에 노사들이 준 것들이 있다고 하니, 찾아보자고."

"그럼 비급은 필사하고, 법기는 반씩 나누는 거네."

"그렇게 해야지."

"사람을 가리는 비전이 많다는데, 익힐 수 있는 비급이면 좋겠는데……."

"일단 송 노사의 부적술부터 봐야지. 송 노사의 나이가 많으니, 그걸 익히다가 귀천했다는 말이 나오면 써먹자고."

"송 노사보다는 음부선사가 문제지. 그 선사가 부리는 귀신이 찾을 수 있으니 꽁꽁 숨어야지."

"그것 때문에라도 송 노사의 부적술을 먼저 익혀야지."

등산복 차림의 두 중년인이 암자로 다가오며 보물의 분배에 대해 이야기를 나누었다.

그들은 무엇보다 뒤처리를 어떻게 할지 의견을 나누고 있었다. 산에서 수련하는 사람답게 귀신 타령도 하며 걱정을 하고 있었다.

그러나 이들은 날을 잘못 잡았다.

예전 같았으면 도둑질에 쉽게 성공했을 텐데, 지금은 시기가 좋지 않았다.

바로 영약을 도둑맞을까 걱정을 하는 정수가 기다리고 있었기 때문이다.

"어흠, 거 누군데 수련하는 곳에 함부로 들어옵니까?"

"엇!"

"아니? 허허, 여기가 어딥니까? 야간 산행을 하다가 길을 잃어서……."

갑작스런 정수의 목소리에 두 사람은 깜짝 놀랐다.

그리고 길을 잃었다는 핑계를 대며 머리를 굴렸다.

"에이, 산에서 수련하는 처사분들 아닙니까? 제게 볼일이라도 있어서 찾은 겁니까?"

"우리는 길을 잃어서……."

정수의 추궁에 한 사람이 말을 흐리며 머리를 굴렸다.

그러나 정수의 실력은 소문이 자자했다. 어려서부터 수련을 했다는 것을 모르는 사람이 없었다. 힘으로 어떻게 할 엄두가 쉽게 나지 않았다.

"거, 길을 잘못 들은 것 같네. 저쪽이 강룡사인가?"

두 사람은 길을 잃었다고 우기며 자리를 벗어나려 했다.

평소라면 이 정도 핑계로 대충 넘어갈 수도 있었을 것이다.

정수도 다른 사람과 얼굴을 붉히면서 시비를 가릴 성격은 아니었다.

그저 노스님에게 누가 물건을 훔치러 왔다고 얘기를 해서 경고를 하는 정도로 끝냈을 것이다.

그러나 지금 정수는 영약이라는 보물을 지키고 있어 순순히 두 사람을 보내 줄 수가 없었다. 적어도 혹독한 경고 정도는 줘야 했다.

"도둑질하겠다고 속삭인 것도 들었는데, 그냥 보낼 수는 없죠. 일단 한 대 맞고 강룡사로 갑시다."

"이 자식이? 어린놈이 무슨 말버릇이야!"

"그렇지. 여러 어른이 떠받들어 주니 네놈이 눈에 보이는 것이 없구나? 내가 야차 강고식이야."

정수의 추궁에 두 사람은 호통으로 반격을 했다.

역시 그냥 나이를 먹은 것은 아니었다. 무속인으로 여러 사람 홀린 말솜씨가 나오고 있었다.

그러나 지킬 것이 있고, 주먹이 앞서는 정수였다.

뚜벅뚜벅.

두 사람의 호통에 정수는 묵묵히 걸으며 거리를 좁혔다.

주춤.

"너, 사람을 때리면 감방 가는 것 몰라?"

"그래. 주먹을 휘두르면 징역이야, 징역!"

"도둑 잡는데 무슨 감방을 간다고. 순순히 잡히시죠."

징역이라는 말에 정수도 살짝 걱정이 되는지 대답을 했다.

물론 실수였다. 두 사람은 정수의 말꼬리를 잡고 늘어졌다.

"우리가 무슨 도둑질을 하려고 했다는 거야?"

"그렇지. 증거 있어? 증거 있냐고? 없으면 너만 폭력으로 잡혀 들어가게 되는 거야."

두 사람의 반격은 확실히 효과가 있었다.

정수는 대답을 못하고 어떻게 해야 하나 고민을 했다.

그러나 어려서부터 수련만 해 온 정수였고, 한창때의
나이였다.

두 사람이 논리로 반격을 하자 저절로 주먹이 앞설 수
밖에 없었다.

"에이, 일단 몇 대 맞으쇼!"

"이놈이? 에잇!"

휘익~

정수가 무식하게 반격의 뜻을 보이자 중년인이 움직였
다. 나무 지팡이를 휘두른 것이다.

의외의 기습이라 효과가 있을 것 같았다.

공기를 가르는 소리도 날카로운 것이, 젊어서 무술도
배운 티가 났다.

그러나 상대가 좋지 않았다.

정수가 격투 센스는 부족하지만 이런 어설픈 지팡이에
당할 정도는 아니었다.

스륵~

정수는 경공술을 펼쳐 지팡이를 휘두른 중년인을 스쳐
지나갔다. 격투 센스가 부족하지만, 정수에게는 그걸 극
복한 속도와 펀치력이 있었다. 일반인이 결코 반응할 수
없는 속도와 펀치였다.

정수는 지팡이를 피하며 손을 가볍게 뻗었다.

파앙!

"와악!"

정수의 가벼운 손짓에 중년인은 비명을 지르며 튕겨 나갔다.

"아차! 너무 세게 쳤네. 어이, 살아 있죠?"

"으으으~"

튕겨 나간 중년인은 바닥에 누워 신음 소리만 내었다.

"휴, 살아 있네. 그럼 아저씨는 살짝 때릴게요."

"어어~"

펑!

곁에 있던 중년인은 정수의 배려가 깃든 일장을 맞고 조용히 쓰러졌다.

"휴~ 힘 조절도 힘드네."

정수는 땅에 쓰러져 앓는 소리를 내는 두 사람을 들고 절로 향했다.

"어허! 무도를 익혔으면 더욱 조심해야지."

"죄송합니다. 처음 사람을 때리는 거라 힘 조절을 못했습니다."

"이 사람들이 그나마 수련을 거친 사람들이라 다행이지, 보통 사람이었으면 숨이 넘어갈 수도 있었어."

"조심하겠습니다."

"하여간 수련한 사람은 손을 쓸 때 주의해야 하는 법이다."

"명심하겠습니다."

노스님은 두 사람의 몸을 주무르며 정수에게 조심하라
는 당부를 거듭했다.

그만큼 정수에게 한 대 맞은 중년인들의 상태가 좋지
않은 것이다. 아직까지도 두 사람은 앓는 소리를 내며 몸
을 떨고 있었다.

그래도 몸통이 아니라 팔을 맞아 숨이라도 쉬고 있는
것이다.

발경이 깃든 주먹에 맞은 두 사람은 팔의 경맥이 막히
며 전체 경맥이 막혀 가고 있었다.

골병의 전조였다.

노스님은 맞은 부위를 추궁과혈해서 기운이 돌도록 돕
고 있었다.

정수도 그 모습에 곁눈질을 했다.

"노스님, 힘드신 것 같은데, 제가 해 보겠습니다."

"할 수 있겠느냐?"

"기를 통하게 하는 것 아닙니까?"

"그건 겉으로 보이는 것이다. 기는 마음에 따르는 법.
타격이 아니라, 사람을 살리는 마음으로 해야 한다."

"네, 살리는 마음으로 손을 쓰겠습니다."

정수는 노스님이 했던 대로 경맥을 따라 마사지를 하며

기운을 불어넣었다.

그러자 정수의 타격으로 막혔던 기맥이 소통되었다.

정수의 손길에 몸을 떨던 두 사람도 차츰 맥이 풀려 잠잠해졌다.

상세가 진정되자 두 사람을 객방에 재웠다.

그리고 다음 날 아침, 두 사람은 소리없이 절을 떠났다.

법적인 처벌보다도 여러 노인들의 추궁이 두려우니 서둘러 떠난 것이다.

그 일이 있고 며칠 후, 정씨가 나타났다.

"너에 대한 소문이 자자하더구나. 진짜 벽을 보고 그걸 넘었나?"

"어린 제가 무슨 벽을 봤겠습니까? 그냥 기연이 있었습니다."

"설마 했는데, 네가 소성을 이룰 줄은 몰랐다."

"아직 걸음마도 못 떼고 있습니다."

"저 나무는 네가 자르고, 바닥의 자국도 네가 냈겠지."

"젊어서 힘이 넘치는 겁니다."

겸양하며 대답하고는 있지만, 정씨도 눈은 있었다.

정수에게서 나오는 기운이나 주위에 널린 흔적은 경지를 드러내고 있었다.

"세상 참 모르겠군. 네가 무도로 소성을 이룰 줄은 몰랐는데…… 너는 근골도 보통이고 좌도에 재능이 있잖아."

"많은 분들이 도와주고 돌봐 주셔서 기연도 있는 것 같습니다."

"음, 하여간 신기한 인연이야. 이건 내가 스승님께 받은 거다. 이제부터 네가 스승님의 비전을 이어라."

"어르신이 계신데 어찌 제가?"

"나야 속가제자 정도지. 비전을 이어도 익히지 못하는 것은 큰 죄다. 네 덕분에 이제 내 짐도 가벼워진 셈이다."

한참을 신기하게 정수를 바라보던 정씨는 품에서 낡은 서책을 꺼냈다.

혹시나 하며 가져온 비전이었다.

정씨가 스승의 비전을 제대로 잇지는 못했지만, 전하는 역할은 마친 것이다.

"귀한 가르침 같은데, 반드시 제대로 익혀 후세에 전하겠습니다."

정씨가 문파의 비전을 꺼냈지만 정수는 별다른 동요가 없었다. 찾아오는 노인네마다 가르치고 강조하는 비전이었다. 그러다 보니 매끈한 말보다는 제대로 익혀 후세에 전하는 것이 보답하는 길이라는 것을 잘 알고 있었다.

"혹시 천상검이라는 분의 가르침도 받았냐?"

"이름은 모르겠고, 하늘을 날며 검을 쓰는 분에게 배운 것은 있습니다."

"그분이 스승님과 막역한 사이셨다. 책을 보다 모르는 것이 있으면 그분께 물어라. 네 덕분에 나도 큰 짐을 덜었다. 비전을 잇지 못했으면 죽어서도 스승님 뵐 면목이 없었을 거다."

"잘 익히도록 하겠습니다."

"그리고 무도로 대성했으니 산짐승이라도 잡으며 피를 봐라. 피를 보는 것이 기분 좋을 리는 없지만, 무도를 익혔다면 피해갈 수 없는 과정이다. 피가 무섭다면 선도지 무도라고 할 수는 없다. 피를 피한다면 무도의 본뜻을 제대로 보지 못할 수도 있다."

"네. 산토끼라도 잡으며 손을 써 보겠습니다."

시원섭섭한 심정에 정씨는 여러 충고를 했다.

정수는 무도를 수련할 인재가 아니라는 생각에 말하지 않던 가르침이었다.

"그런데 제 내공이 한 몇 년 정도입니까?"

"내공을 측정하는 거야 소설에서나 나오는 이야기지. 너도 가끔 가다 황당한 면이 있어. 사람마다 키가 다르듯이 그릇이 다르다. 그릇을 키우는 것이 기초고, 채우는 것이 수련이다. 각자 그릇만큼 채울 수 있는 거다. 나도 큰 그릇은 아니지만, 저기 산 아래 떠도는 놈들의 그릇은 접시만 하다. 그런 그릇에 물을 채울 수는 없지. 그래서 옛날부터 대기만성을 최고로 치는 거다. 그리고 자질이나 그릇을 보고 제자로 삼는다. 너도 경험이 생기면 그릇이나 자질이 보일 거다."

"네."

"그럼 익힌 것을 보여 다오. 한 번 보고 미련이라도 끊겠다."

"최근 기연이 있어 기술이 좀 흔들리지만, 최선을 다하겠습니다."

후우, 꽈앙!

쿵! 콰앙! 콰아앙!

정수는 기본공의 흐름을 따라 몸을 움직였다. 자연스럽게 움직이는 손발에 공기가 터져 나갔다.

그런데 평소 진각을 수련해서인지 흐름이 격렬했다. 이것은 고쳐야 할 점이었다. 내공이 넘치는데 굳이 진각으로 흐름을 끊을 필요는 없었다.

그래도 스승 같은 정씨에게 보이는 시범이라 넘치는 내공을 모두 끌어와 손발에 실었다.

진각에 흐름이 끊기는 점을 제외하면 완벽한 시범이었다.

보법은 바람처럼 가벼운데 한자리에 머물면 땅을 울렸고, 손은 스치듯이 움직이다 힘을 쏟을 때는 공간을 진동했다.

콰앙!

퍼석!

내지른 장에 멀리 떨어진 나무가 부서지듯이 흩어졌다. 발경을 넘어 기운을 쏘아 낸 것이다.

아직 장풍이나 권풍이라고 할 정도는 아니고, 단순히 기운덩어리를 날린 것이었다.

그러나 위력은 치명적이었다.

"그런 내공이라니!"

장풍의 위력에 정씨는 감탄성을 내었다. 전설 같은 도인들 외에 이런 내공을 보인 사람은 없었다.

그것도 끝이 아니었다.

촤악!

스치는 손길에 나무가 파였다. 가볍게 지나가는 손짓이었지만 조법이라고 할 정도의 위력이었다.

콰앙!

스치는 발걸음에 걸린 나무가 흔들렸다.

엄청난 내공 때문에 기술의 완성도 같은 것은 눈에 들어오지도 않았다.

정수는 격투 센스가 없어 형을 배운 대로만 따르고 있었다. 지형과 나무 같은 장애물에 따라 기본공의 흐름에 변화를 줘야 하는데, 무작정 힘으로 밀어붙이고 있었다.

그래도 막강한 내공으로 장애물들을 분해하며 기본공을 이어 갔다.

정수는 우윳빛 액체를 처음 한 모금 마셨을 때 정씨의 내공과 비슷해졌다.

정씨는 그릇을 채우다 중도에 포기했다.

그래서 원래대로라면 정수는 10년은 더 수련해야 정씨의 내공과 비슷해질 수 있었다.

그리고 10년을 더 수련해야 소성을 이룰 수 있었을 것이다. 청춘을 온통 수련으로 보내야 하는 것이다.

정씨도 그래서인지 중도에 포기했던 것이다.

그런데 우윳빛 액체를 먹고서 그릇을 가득 채울 수 있었다.

20년의 세월을 줄여 준 영약이었다.

정수의 자질이 좋지 않아 큰 그릇은 아니지만, 그걸 채우기도 힘든 세상이었다.

물론 일반인이 전설의 산삼을 먹어도 약효의 1할도 흡수할 수 없었다. 그저 몸이 좋아지는 정도였다.

접시에 많은 물을 담을 수는 없었다.

그래도 정수가 수련으로 그릇을 키우고 기초가 갖춰져 있어 우윳빛 액체의 기운을 흡수할 수 있었다.

"정말 대단하군. 전설의 산삼을 먹어도 이런 내공은 불가능해. 소문처럼 귀신과 싸워 그 기운이라도 흡수한 건가?"

"기연이었습니다. 제 팔자 때문인지 이상한 기연이 있었습니다."

"후우, 기연이라도 노력했으니 얻었겠지. 바로 산을 내려가지는 않겠지?"

"아직 성년도 안 됐고 익혀야 할 것도 많습니다. 천천히 세상에 나갈 생각입니다."

"수련도 때가 있으니 열심히 해라. 그럼 더욱 노력해 대공을 이루도록 해라."

정씨는 정수의 시연을 본 후에 허탈한 모습으로 산을 내려갔다. 자신은 보지도 넘지도 못한 벽을 어린 정수가 넘었으니, 왠지 마음이 편하지가 않아 보였다.

'많은 노인네들이 정수를 끼고도는 이유가 있는 건가? 자질이 뛰어난 것도 아닌데 정말 이상한 성취고 인연이야. 새옹지마인가? 화가 복이 되고, 복이 화가 되는 것이 세상인가?'

사실 정씨는 근골이 좋고 자질도 뛰어났다.

그렇기 때문에 성취가 빨랐고, 그래서 중도에 그만둔 것일 수도 있었다.

정씨는 여러 생각을 머릿속에 담은 채 미련이 많던 산을 완전히 내려갔다.

정수는 넘치는 내공에 적응하기 위해 수련을 이어 갔다.

그리고 순식간에 한 달이 지났다.

고대하던 경지에 이르자 은정에 대한 생각도 나지 않던 한 달이었다.

억지로 참은 것일 수도 있었다. 내공을 주체하지 못하고 있으니 마음이 흔들리면 위험한 시기였다.

은정에게 전화하는 것이 목숨을 거는 일일 수도 있었다.

그래도 한 달간 마보를 서고 기본공을 익히자 차츰 내공에 몸이 적응을 했다.

십 년 넘게 수련해 만든 그릇을 채운 것이지, 무리한 것은 아니었다.

기본공을 펼칠 때도 격한 흐름이 생기지 않자 정수는 도천사로 내려갔다.

휘익휘익~

이제는 산길이 아니라 나뭇가지를 밟고 산을 내려갈 수 있었다.

경지가 낮을 때야 신기한 경공이지만 이제는 당연히 할 수 있는 일이었다. 기던 아기가 나이가 들며 서는 것처럼 자연스러운 일이었다.

산을 내려온 정수는 전화기 앞에서 머뭇거렸다.

실력과는 전혀 상관없는 마음의 시련이었다.

그래도 두 번째라 조금은 전화하기가 쉬웠다.

물론 가슴은 급격히 두근거렸다.

'용케 한 달이나 참은 것이 다행이네. 이러다 주화입마를 당하겠다. 이런 기분은 인터넷에 자주 오르내리는 모태솔로는 못 느끼는 감정이겠지. 이상한 두근거림이지만 할머니 말대로 뭐든지 해 보는 것이 좋겠지.'

뚜두둑.

번호를 누르자 신호가 갔다.

'아차, 또 친구들이 있겠네. 대학생이라면 언제 전화해야 하지? 아침은 그렇고, 저녁도 좀 그런데. 수업 시간이 언제인지도 모른데 중간에 할 수도 없고…….'

대학생이라는 생각에 점심경에 하는 전화였다.

그런데 정수는 지난번 통화 때 주변에서 떠들던 친구들의 목소리가 생각나 머리를 굴렸다.

연애 왕초보라 언제 전화해야 하는지도 고민인 신세였다.

그래도 점심때라 곧바로 은정이 전화를 받았다.

—정수구나?

"네, 정수예요."

—한 달 만이네.

"네에."

—나 안 보고 싶었어? 지난번에 웃어서 그런 거야?

"아니에요. 절에서 바쁜 일이 있어서 못 내려왔어요."

―그래?

　―호호, 한 달 만이니 내 승리야.

　―무슨 소리야? 왜 지난번 내기 얘기를 하는 거야. 그
때 내기는 끝난 거야.

　―조용해! 너희들 때문에 정수가 겁먹고 한 달 만에 전
화했잖아.

　조용히 대화를 이어 가는데 주변에서 또 잡소리가 들렸
다.

　한 달 만의 전화라 친구들도 잠시 참은 것 같은데, 오
래가지 않았다.

　은정이 목소리를 높여 친구들을 타박한 것이다. 지난번
에 친구들이 놀려서 정수가 한 달 만에 전화한 것으로 생
각했기 때문이다.

　―계집애, 그래도 애인이라고 챙기기는……

　―호호, 은정이도 몸이 달았나 보네.

　―이거, 정수 초보가 아닌 거 아냐? 한 달 만에 전화하
다니, 고단수인데?

　―맞아, 완전 고단수야.

　역시 연애의 제일 큰 적은 주변 친구들이었다.

　"이제 자주 전화할게요. 나도 휴대폰을 만들게요."

　―어머! 그래? 하긴 요즘은 유치원생도 휴대폰이 있으
니 그것도 괜찮지. 몸은 괜찮고?

"이제 몸이 거의 나았어요. 곧 서울도 갈게요."

—뭐어? 다 나은 거야? 알레르기는 쉽게 낫지 않는다는데⋯⋯. 나 때문에 괜히 무리하지 말고.

"몸이 나아가서 도천사에도 내려가고 하는 거예요. 전에는 강룡사에만 있었어요."

—그래? 하긴 몸은 건장해 보였으니.

—어머, 완전 몸이 달았네. 너 때문에 요양하는 애가 무리해서 서울로 올라오는 것 아냐?

—완전 소나기 찍네. 그러다 정수가 심하게 앓는 것 아냐? 좀 잘 다독여라.

—그래. 애 하나 잡지 말고, 면회 간다고 해. 내 목숨도 구해 줬는데 학기 끝나면 면회 한 번 가자.

정수가 몸이 나아 서울에 간다는 말을 하자 친구들이 난리였다. 절에서 요양하는 정수가 무리한다고 생각하는 것이다.

정수도 주변의 소리에 답답했지만, 전의 교훈도 있어 높아진 경지에 대한 말은 하지 않았다.

"차츰 몸이 좋아지니 내년이면 서울에 갈 수 있을 거예요."

—그래, 너무 무리하지 말고. 이제 자주 전화하고, 휴대폰 구하면 꼭 전화해.

"네."

—학기 끝나면 친구들과 한 번 갈게.

"괜찮아요. 이제 몸도 거의 나았으니 내가 갈게요."

—그래. 건강해졌다니 다행이네.

"그럼 계속 식사하세요."

—그래, 너도 잘 지내.

정수는 전화를 끊고 통화를 하며 했던 실수들을 되짚으며 괴로워했다. 애인에게 전화를 하면 늘 아쉬움과 후회가 남았다.

그래도 첫 통화에 했던 실수는 범하지 않아 비웃음은 받지 않았다.

일반인이 이해하지 못하는 일은 입에 담지 않은 것이다. 발경이나 경공, 중단전이나 호신진기 같은 말을 했으면 또 한동안 웃음을 들었을 것이다.

왠지 모를 아쉬움에 발광을 하던 정수는 그래도 기뻤다. 은정이 또 전화하라고 하고, 학기가 끝나면 온다는 소리까지 들어서 마음이 들떴다.

하늘을 날 것 같은 기분에 정수는 진짜 산길을 날아서 강룡사로 돌아갔다.

통화가 끝내자 은정 일행도 심상치 않은 분위기가 감돌았다.

"이거, 순진한 애 하나 잡는 것 아니야?"

"애는 무슨. 아주 건장했잖아."

"19살이면 애지. 그리고 절에서만 살던 애라서 거의 천연기념물 수준이잖아."

"첫사랑이잖아, 그 정도 열병은 다 앓는 것 아니야?"

"정수는 절에서 요양하는 애잖아. 발진 생기는 것 다 봤잖아."

"그래도 정수 말대로 차츰 나아지고 있는 것 같은데……."

"은정이는 무슨 생각이니? 가볍게 던지는 돌에 개구리는 생사가 달렸어."

여자들은 정수를 걱정했다.

통화를 들으며 웃고 떠들었지만, 정수는 연못의 개구리 같은 존재였다. 체질 때문에 절에서 요양도 하고, 감정적으로도 여렸다.

휴대폰도 만들고 서울에도 올라온다는 말을 하는 걸 보면 쉽게 생각할 수가 없는 사태였다.

자연히 화살은 당사자인 은정에게 돌아갔다.

"정수가 순진하고 귀엽잖아. 나도 당분간 애인 둘 상황은 아니니 한동안 잘 관리할게. 정수도 지금이야 정신을 못 차리지만, 차츰 자기 나이에 맞는 상대를 찾겠지."

"애인으로 보지는 않고?"

"나이도 어리고, 나와 맞지도 않잖아."

"하긴. 절에서만 살던 애라서 좀 그렇지. 그래도 관리한다니 아깝기는 한가 보네?"

"완전 천연기념물인데 당연하겠지. 순진한 동생의 불타는 첫사랑을 받다니, 부럽네. 원래 내가 처음 만난 인연인데…… . 산에 오를 때 괜히 화장을 했네. 화장을 안 했다면 순진한 정수의 등에 업혀 산을 내려왔을 텐데."

"완전 소나기를 찍어라! 그래도 완전히 소설 속 주인공 수준 아니냐?"

"맞아. 붕어빵 같은 케릭터는 아니지."

"절에서 산다니 장작도 많이 패겠지. 그럼 완전 돌쇠 아니야?"

"돌쇠 정도가 아니라 산적 수준이지. 몸이 완전 짐승이겠지. 어머!"

한동안 심각했던 분위기는 다시 돌쇠 타령을 하며 샛길로 흘렀다.

그래도 은정이 한동안 관리한다는 말이 있었으니, 거세게 불타는 정수의 마음에 찬물을 끼얹지는 않을 것 같았다.

정수는 높아진 내공에 적응하려 수련을 이어 갔다.

가끔 도천사로 내려가 은정에게 전화하는 것도 잊지 않았다.

정씨의 충고대로 산짐승도 잡으며 피에 대한 혐오를 없 앴다. 자신의 주먹으로 짐승을 잡은 것이다.

처음 동물을 목숨을 끊고 정수는 공황상태에 빠졌다.

그런 마음을 겪으며 왜 정씨가 동물을 잡아 보라고 한 지 알 수 있었다.

기본공의 뻗는 주먹 하나하나에는 뜻이 있었다.

허공을 공격하는 주먹이 아니었다. 몸을 지키려 적을 노리는 일격들이었다.

내공이 많이 실렸다고 위력적인 주먹은 아니었다.

그동안 정수의 주먹은 춤이었을 뿐이다. 주먹 하나마다 몸을 지키고, 적을 노리는 뜻이 서려야 했다.

정수는 동물을 잡으며 기본공을 펼칠 때 적을 상상해야 하는 것을 알았다. 자질이 부족하고, 배우며 고민도 없어 몰랐던 사실을 직접 써 보니 알 수 있었다.

내공만 쌓는다면 선도였다.

무도는 단순히 몸을 단련하는 수준이 아니었다.

무도가는 살기 위해 동물을 잡아 고기를 먹는다는 각오 인 것이다. 살기 위해서는 적을 베고, 배가 고프면 동물을 잡아먹어야 하는 것이 인간이었다.

도가의 정신과 모순되는 것처럼 보이겠지만, 배가 고프 면 먹는 것이 자연스러운 행동이었다.

물론 오래도록 절밥을 먹은 정수는 채식주의자지만, 무

인의 본성대로 동물을 사냥했다.

팍, 팍, 팍.

내공이 넘치니 불가능해 보이던 경공도 쉽게 펼쳤다.

정수는 검노인이 보인 것처럼 나무를 밟아 다니며 노루를 쫓았다.

할 수 있는 것이 신기할 것은 없었다.

발경도 꿈 같은 경지였지만, 성공하자 그냥 언제나 할 수 있는 주먹질이었다.

경공도 이제 정수에게는 그냥 달리기였다.

쾅!

털썩.

보통 인간이 노루 같은 동물을 쫓을 수는 없지만, 정수는 가능했다. 정수는 노루를 쫓아 머리 위에 이르자 장법을 펼쳤다.

달리던 노루는 목이 부러진 채 땅을 굴렀다.

"이 정도면 더 이상 증명할 필요는 없겠지. 그럼 이건 음식점에 줘야지."

동물을 잡았다고 손질하고 요리하는 것이 쉬울 리가 없었다. 그렇다고 죽인 동물을 방치하는 것도 뭔가 찝찝했다.

정수는 절 아래에서 음식점을 하는 집에 노루를 던져 놓고 산으로 돌아갔다.

노루를 마지막으로 정수의 수련도 어느 정도 마치게 되었다.

이제 내공에 적응도 하고, 기본공과 경공도 능숙하게 펼치고 있었다.

새로운 경지가 몸에 익은 정수는 남겨 둔 숙제를 처리하기로 했다.

영약이 담긴 세 개의 병.

이제 정수는 영약이 필요한 경지는 아니었다.

중단전을 열고 보니 내공이 필요하지는 않았다. 자연과 소통되는 단계이지, 기운을 모으는 단계는 아니었다.

이제 채우는 것보다 비우는 단계였다.

정수는 먼저 할머니에게 영약을 주기로 했다.

원래 시간을 두고 유리병에 담은 영약의 효과를 확인하려 했지만, 점점 허리가 굽어 가는 할머니 모습이 안타까웠다.

그렇다고 한 병 다 줄 수는 없었다.

십 년 넘게 기초를 닦은 정수도 한 모금에 정신이 오락가락했다.

정수는 인터넷을 뒤져 장난감 같은 작은 병을 주문했다. 호리병 모양이라 약을 담기에 적당한 병이었다.

정수는 호리병에 세 방울을 담았다. 그러자 우윳빛 액

체가 바닥을 적실 듯 채워졌다.

적은 양이기는 해도 안전하게 조금씩 드시도록 할 생각
이었다.

"할머니! 할머니!"

"벌써 온 거야? 그런데 왜?"

"이거, 제가 만든 약이에요. 먹어 보니 효과가 아주 끝
내 줘요. 이거 드셔 보세요."

"보약이야? 그런데 약 달이는 것도 배운 거야? 그런
것을 알면 살아가는 데 도움이 되기는 하겠다."

"제가 이것저것 배운 것이 많잖아요."

"귀한 것 같은데 두고두고 네가 먹어라."

"저야 힘이 넘치는 것 아시잖아요. 그냥 드세요."

"귀한 약재가 들어간 것은 아니지? 얼마 전에 약초도
캐러 다니고 보관하던 것도 가져가던데, 이걸 만들려고
한 거야?"

"연습 삼아 만들어 봤어요. 어서 드세요. 이건 만들고
바로 먹는 것이 좋아요."

할머니는 혹시 귀한 것일까 해서 주저했다.

정수는 얼마 전에 부적노인이 선물한 보약 같은 것을
가져오기도 했다. 그 보약은 정말 산삼과 녹용 같은 것이
들어간 것이었다.

"네가 만들었다니 먹어 보마. 그리고 나 때문에 귀한

약재를 사용하지는 마라."

"그냥 산에 널린 것들로 만들었으니 어서 드셔요. 연단
술도 연습을 해야 늘어요."

정수는 연단술을 핑계로 할머니께 우윳빛 액체를 권했
다. 할머니도 정수가 직접 만들었다고 하니 먹기로 했다.
장난감 같은 호리병의 바닥에 살짝 보이는 우윳빛 액체는
누가 선물한 것으로 보이지 않기는 했다.

또옥, 또옥.

할머니는 유리 마개를 열고 호리병을 기울였다.

우윳빛 액체가 미끄러지듯이 입구를 통해 할머니의 입
으로 떨어졌다.

"으으, 뜨거워."

"할머니, 참으세요! 그리고 입을 꼭 다물고 좌법을 하
세요! 뜨거운 기운을 오래 잡아 둘수록 좋아요!"

"으으."

정수의 몸이야 워낙 최상이라서 고통은 거의 없었다.
단지 열탕과 냉탕을 오가는 느낌 정도였다.

그러나 할머니는 나이도 많고 몸도 고장 난 곳도 많았
다.

할머니는 우윳빛 액체를 입에 담자 불덩이가 온몸을 녹
이는 것 같아 끙끙거렸다.

그래도 정수의 고함대로 가부좌를 틀고 오법을 행하며

호흡을 조절하려 했다.

아무리 공양간 보살이었지만 절밥만 30년째였다. 사이비 중보다는 훨씬 수양이 높은 보살이었다.

할머니는 몸을 녹이는 불덩이를 참으며 명상에 들어가려 했다. 손자 같은 정수가 준 약이라 의심하지 않고 받아들이려 하는 것이다.

뚜둑, 뚜둑.

차츰 할머니의 허리가 펴지고 무릎이 들썩거렸다. 할머니 몸에서 가장 안 좋은 곳이었다.

정수야 워낙 수련으로 단련되어 뼈나 근육을 고칠 것이 없어서 나타나지 않던 효과였다.

모락모락.

할머니의 등과 다리에서 연한 검은빛 연기가 피어올랐다. 영약이 독기를 태우며 힘을 최대한 발휘하는 것 같았다.

그것도 잠시였다. 차츰 잔 떨림이 멈춰져 갔다. 효과가 다한 것이다.

정수야 영약이 모두 기운으로 화했지만, 할머니는 몸을 살짝 고치다가 약효가 다했다.

"으음, 정말 효과가 좋구나."

"할머니, 많이 나았어요?"

"그래. 무릎이 시큰한 것도 없어지고, 허리도 시원하

다. 그런데 귀한 약을 내게 주면 어쩌냐?"

"산삼 같은 것은 안 들어갔어요. 좀 시간이 걸리지만 또 만들 수 있어요. 다음에는 한 병 전부를 가져올게요."

"괜찮아, 벌써 십 년은 젊어진 것 같다. 귀한 보물 같은데, 팔아서 장가 밑천으로 삼아라."

"돈이야 부적 만들어 팔면 돼요. 그게 더 편하고 돈도 많이 벌어요."

"그 사기꾼 노인네 것은 배우지 말라니까. 부적은 법력을 소모시키는 행위야. 그런데 법력을 낭비하지는 말아야 한다."

"저도 밥벌이는 있어야죠. 약초 캐는 걸로는 밥 먹기도 힘들어요. 부적 몇 장 만들어도 수련하거나 잠만 자고 나도 멀쩡해져요."

"기력이야 별것 아니지만, 법력은 다르다. 그런 것은 채워지는 것이 아니야."

"네. 몇 장만 팔아도 충분하니 일 년에 세 장 이상 만들지 않을게요."

"음, 그래라. 그리고 가급적 좌도 수련은 하지 마라. 괴력난신은 가까이 하는 것이 아니다."

부적에 불어넣는 내공 정도는 정수의 말대로 잠만 자도 채워지는 정도였다.

문제는 할머니 말대로 영력이나 도력이 소모되는 것이다. 도력을 부적에 넣어야 내공이 흩어지지 않고 스며든다.

바로 이 도력을 움직일 수 있는 것이 재능이었다.

상단전의 영력을 쓰지 못하면 대부분의 좌도에 입문조차 할 수 없었다.

물론 정수야 몸도 내공도 영력도 성장하는 시기라 큰 문제는 없었다.

아직은 부적을 많이 그려도 정신이 피곤한 정도였다. 정수는 할머니가 걱정을 하자 일 년에 세 장만 그려 팔겠다고 설득했다.

그 정도만 해도 생활비뿐 아니라 재산을 모을 수 있을 수준이었다.

물론 이제 하산을 할 수 있어, 이런 계획은 필요없게 되었다.

그래도 시간을 들여 익힌 것이라 세 장이라는 말을 했다.

할머니도 정수가 약초 같은 것을 팔아서는 장가가기 어렵다는 생각에 허락을 했다.

"그런데 정말 약효가 좋구나. 음, 자격증 없으면 약도 팔기 어려운 세상이니 한의대 가는 것도 생각해 봐라. 너라면 명의 소리를 들을 수 있겠구나."

"저도 생각해 봤는데, 한의대는 들어가기도 어렵고 6년이나 배워야 하잖아요. 약 만들기도 쉽지 않으니 부적 몇 장 만드는 것이 편해요."

"그래, 이런 보물을 만드는 것이 쉬울 리는 없겠지. 한 3개월 조용히 있더니 이걸 만든 거구나. 이제 할미는 아픈 데 없으니 또 연단술을 하지는 마라. 연단술도 좌도다. 이런 약을 만드는 데 기력과 법력이 소모되지 않았을 리가 없지."

"운 좋게 만든 거예요. 저도 또 만들 수 있을지 확신은 못해요. 운 좋게 또 만들면 할머니 줄게요."

"나는 됐대도. 무릎과 허리가 편하니 정말 극락에 온 것 같아."

"인연 따라 될 거예요. 그런데 소문은 내지 말아 주세요. 여러 사람들이 만들어 달라고 하면 난처할 것 같아요."

"당연하지. 우리 손자 재주를 자랑하고 싶지만, 귀찮아질 수도 있으니 조용히 하마."

할머니는 손자 자랑을 하고 싶어 입이 근질근질한 것 같았다.

아무래도 그동안 정수에 대한 소문의 근거지가 할머니인 것 같았다.

그래도 보물은 피를 부를 수 있으니, 할머니는 정수의

연단술은 소문을 내지 않기로 다짐했다.

'음, 그러고 보니 이제 세상에 내려갈 수 있구나. 그럼 돈을 벌어야 하잖아. 나도 정씨처럼 살 수는 없는데…….
역시 부적을 만들어 팔아야겠다.'

스승인 정씨가 정수의 반면교사였다.

발경이 가능한 무력이 있어도 돈벌이에는 도움이 안 된다는 교훈이었다.

그래서 좌도의 비전들을 익히고, 특히 부적술을 익힌 것이다.

정수는 괴황지와 주사를 꺼내 일필휘지로 척사부를 꺼냈다. 사악한 기운을 쫓아내는 부적이었다.

장난스럽게 만든 부적이지만, 효과는 진짜였다. 요즘 세상에 보기 힘든 진짜 부적이었다.

부적을 만든 정수는 아주머니들이 치성을 많이 들이는 승천굴로 향했다.

"부처님, 제발 우리 남편 성공하게 해 주시고, 우리 아들 대학에 들어가게 해 주십시오."

마침 인연이 있는지 치성을 들이는 보살이 있었다.

'저렇게 치성을 들여서 효과가 있을까? 그래도 정성은 대단하네. 울 엄마도 내가 건강하라고 저렇게 치성을 들였을까?'

우도와 좌도의 정통 비전을 잇고 있는 정수지만 치성을 들이는 모습이 쉽게 와 닿지 않았다. 부처님이 사업 성공이나 대학 합격 등을 도와줄 것 같지가 않기 때문이다.

그러나 치성을 들이는 정성에는 삐딱한 성격의 정수도 감탄할 수밖에 없었다.

그리고 가끔 찾는 엄마가 생각났다.

보살에게 부적을 팔아먹으러 왔던 정수는 이런저런 생각으로 시간을 보냈다.

어느덧 보살도 치성을 마치고 자리를 정리하고 있었다.

"어! 강룡사 김 도령이네? 여긴 웬일이야?"

요즘은 보기 힘든, 어려서부터 산에서 수련한 정수는 속리산 자락에 이름이 널리 퍼져 있었다.

이 보살도 강룡사를 오가며 정수와 안면이 있었다.

"네, 그냥 지나가다 보살님이 치성을 들이는 소리에……."

"그래. 나야 그래도 큰 걱정은 없지만, 그래도 이런 거라도 해야……."

"네에, 잘될 겁니다. 그리고 이거, 이게 조금 도움이 될 겁니다."

어설픈 첫 거래였다.

정수도 나름의 명성이 있으니 상대를 휘어잡을 수도 있

겠지만, 첫 거래라 그런지 너무 어설펐다.

그래도 명성이 있으니 사이비 취급은 받지 않았다.

"뭐야? 어머! 부적이네?"

"네에."

"무슨 부적이야? 효과는 있고?"

"사기를 쫓는 척사부예요. 가지고 있으면 일이 잘될 겁니다."

"그래? 그래도 김 도령이 준거니…… 고마워. 그리고 여기 부적값. 이런 건 돈으로 사야 효과가 있겠지."

"네에."

정수에 손에 5만 원이 쥐어졌다.

선물로 봐도 되는 상황이지만, 아주머니는 부적값을 치렀다.

상황상 용돈을 주는 모습이기도 했다.

정수가 돈이 궁해 부적을 쓴 것이라 생각하고, 자식 같아서 용돈처럼 준 것이다.

그래도 정수의 명성 때문에 사이비 취급 안 받고, 이 정도 대접을 받은 것이다.

뜬금없이 부적을 줬으니, 따귀를 안 맞은 것이 다행이었다.

부적의 효과가 눈에 보이는 것도 아니니, 부적의 가치는 명성과 말발과 소문에 달려 있었다.

결국 정수의 말발은 오히려 마이너스이고, 명성과 나이 때문에 겨우 용돈을 받은 것이다.

"힘들어도 열심히 해."

"네에."

"그럼 먼저 내려갈게."

마지막 당부를 마친 보살은 총총히 내려갔다.

'에에, 이게 아닌데. 그 부적에 담긴 도력과 내공이 얼만데, 부적노인 말대로 집 한 채 값인데……'

뒤늦게 정수가 속으로 한탄을 했다.

그리고 부적 같은 것을 파는 것이 쉬운 일이 아니라는 것을 실감할 수 있었다.

'에잇, 동굴의 금이나 다 파내자.'

정수는 부적 거래가 만만치 않다는 것을 실감하고, 차선책으로 아직 파내지 않은 금을 생각했다.

힘없이 산을 내려간 정수는 영약 때문에 방치했던 동굴을 다시 찾아 금을 파서 챙겼다.

'휘우~ 이거라도 있으니 다행이다. 금값이 비싸다는데, 한재산 되겠지.'

정수는 가방에 든 금 조각에 마음이 조금 안정되었다.

'정씨처럼 살면 안 되는데. 가난하면 여자랑도 잘 안 된다는데……'

정씨는 여러가지로 정수의 반면교사였다.

금을 챙겨 돌아가는 정수는 날 듯이 뛰고 있지만, 왠지 힘이 없어 보였다. 세상살이가 만만치 않은 것을 느끼는 것이다.

'으, 휴대폰을 사야 하는데, 부모님께 용돈 좀 달랄까? 하지만 이 나이에 돈 달라는 것도 그렇고, 그냥 금을 팔까?'

정수는 일단 은정과 통화할 휴대폰이 급했다.

그러나 장비를 사느라 십 년 넘게 모은 용돈을 다 써서 돈이 없었다.

휴대폰이야 가입비 정도만 있으면 되지만, 정수는 백만 원은 있어야 최신폰을 살 수 있는 줄 알고 있었다.

돈 나올 곳이야 부모님뿐이지만 전화해서 그런 말을 하기가 어려웠다. 이제 가끔 전화로 목소리만 듣는 사이였다. 돈이 필요하다는 말이 쉽게 나올 리가 없었다.

그리고 금을 파는 것도 문제였다.

정수도 출처를 밝힐 수 없는 금을 파는 것이 쉽지 않다는 것 정도는 알고 있었다.

그동안 도천사나 산속 사람들에게 지나가며 물어서 얻은 정보였다. 금반지 정도야 신분증 없이도 팔 수 있겠지만, 수천만 원 수준의 금덩이를 출처나 신분증명 없이 처분하는 것이 쉬울 리가 없었다.

금은 밀매가 많아 음지에서 팔 수 있겠지만, 그런 일도 인맥이 있어야 가능한 일이었다.

'에이, 송 노인에게 전화를 해야 하나? 그 노인에게 신세지면 진짜 스승 대접을 해 줘야 하는데…….'

고민을 하던 정수는 금덩이 처분은 포기하고 부적술을 가르친 송 노인을 떠올렸다.

집 한 채 값이라고 강조하던 송 노인의 말대로라면 한두 장만 팔아도 되기 때문이다.

그러나 직접 그 값을 받기가 쉽지 않은 것은 이미 실감을 했다.

이런 부적도 특히 인맥이 있어야 제값을 받을 수 있었다. 상대가 보는 눈이 있거나, 용하다는 소문이라도 나야 많은 돈을 받을 수 있었다.

물론 정수는 이런 쪽 인맥은 많았다. 노인들도 많이 알고, 송 노인에게 보내도 되었다.

그러나 너무 신세를 지면 진짜 스승 대접을 해 줘야 하는 것이 꺼려졌다.

정씨가 스승다운 모습을 보여 주지 않아 천방지축으로 큰 정수였다. 누군가에게 고개를 숙이고 공경하는 것이 쉽지가 않았다.

예절도 습관이고 버릇인데, 정수는 그러기가 쉽지 않았다.

'에이, 세상 살려면 아부도 해야 한다고 했으니 어쩔 수 없지. 송 노인 비위를 맞춰 주자. 그리고 집 한 채 값이 아니기만 해 봐라. 내가 그 말을 믿고 기운을 소모하며 부적술을 연습했는데, 아니면 죽는 거야.'

결심을 한 정수는 남은 괴황지에 부적을 그렸다.

슥슥.

먼저 수호부였다.

사기를 막고 몸을 보호하는 부적이었다. 내공과 도력, 정성을 넣어야 만들 수 있는 부적이었다.

척사부보다 더욱 많은 정성과 도력이 필요한 부적이었다.

판매용은 아니고, 송 노인에게 바칠 선물이자 경지를 보여 주는 증명이었다.

기술은 떨어지겠지만 정수가 송 노인보다 내공과 도력은 높을 것이다. 송 노인보다 정수가 부적에 신통력을 더 담을 수 있다는 말이었다.

아마 송 노인도 이제 이런 수호부 종류는 만들지 않을 것이다. 내공이나 도력도 부족하고, 누가 알아주지도 않기 때문이다.

이런 수호부의 가치를 알아볼 수 있는 사람도 없었다.

그러나 수호부는 그동안 부적을 많이 만들어 기력과 도력이 떨어진 송 노인에게 필요할 것이다. 괴력난신을 가까이하다가 기력이 떨어지면 끝이 좋지 않았다.

그러니 송 노인에게는 이 수호부가 보물이 될 것이다.

수호부를 만든 정수는 재차 붓을 들었다.

송 노인의 역작인 도화살부였다.

색기인 도화기를 쫓는 도화살부는 옛날에는 없는 부적이었다. 송 노인이 척사부를 변형시켜 만든 부적이었다.

요즘에야 귀신을 막거나 악귀를 제령하는 부적 같은 것은 필요도 없는 시대였다.

송 노인은 시대에 맞추어 도화살부를 만들어 부귀를 누리고 있었다. 내공과 정성도 덜 들어 경제적이고, 효과도 바로 확인할 수 있어 부르는 것이 값인 보물이었다.

"휴우~"

정수는 부적 두 장을 그리고 한숨을 쉬었다. 내공이야 넘치지만 부적 만들기는 쉽지가 않았다. 할머니의 말대로 이런 것은 무언가를 소모시키는 것이다.

정수는 두 장의 부적을 따로 포장해 작은 상자에 넣어 도천사로 향했다.

절에서도 특급 택배로 물건을 보내면 다음 날 서울까지 보낼 수 있는 세상이었다.

정말 좋고도 나쁜 세상이었다.

정수는 택배를 보내고 전화기를 들었다.

"어르신, 정수입니다."

—어, 정수냐? 웬일로 전화를 했냐? 무슨 문제라도 생겼냐?

명함을 받았지만 정수가 전화한 것은 처음이었다.

정수라고 하자 송 노인은 이유부터 물었다. 뭔가 문제가 생겨 전화를 한 것이라 생각한 것이다.

"특별한 일은 없고, 제가 부적 두 장을 택배로 보냈습니다."

—벌써 부적에 기운을 오래 남길 수 있게 되었냐?

"밥벌이로 생각해 연습 좀 했습니다. 한 장은 수호부인데 어르신께 선물로 드리는 겁니다. 한 장은 도화살부니 좀 팔아 주십시오."

—아니, 정말 수호부를 만들었냐? 돈이 필요하면 말을 하지. 수호부 같은 것은 후유증이 크다. 이거, 할망구에게 잔뜩 욕을 먹겠구나.

송 노인은 정수의 말을 끊고 물었다.

도화살부야 일회용 같은 것이지만, 수호부는 오래도록 신통력이 남아야 하기 때문이다.

그래서 수호부를 만들려면 필요한 내공과 도력도 많았다.

송 노인은 정수를 제자로 생각하기에 수호부를 만들었다고 하니 걱정부터 했다.

주화입마는 무술에만 있는 것이 아니었다. 좌도의 주화입마는 더 위험한 경우가 많았다.

"이제 수호부도 크게 어렵지 않습니다. 한 시간 전에 두 개를 만들고 도천사로 내려와 택배를 보낸 겁니다."

내공과 도력을 무리하게 뽑아 쓰면 몇 달을 앓을 수도 있다.

그러나 정수는 약간 피곤한 정도였다. 부적을 만들고 바로 산을 내려와 보냈다는 말은 수호부를 만들어도 끄떡 없다는 말이었다.

─벌써 그 정도가 되었냐?

"가르쳐 주시는 분이 많이 있지 않습니까?"

─네 재능이야 알지만, 너무 빨라. 그 정도면 소성을 이뤄 중단전을 열었다는 말이 아니냐? 일단 부적을 보고 전화하마. 그리고 돈이 필요한 것 같은데, 계좌번호를 알려 줘라. 돈 필요하면 그냥 전화하고 무리하게 부적을 만들지 마라. 너는 아직 수련할 때지 기운을 소모할 때는 아니다.

송 노인은 부적을 보겠다는 말로 의심을 남겼다. 제대로 만들지 못한 것으로 생각한 것이다.

"실망시키지 않을 정도니 염려 마십시오. 그리고 돈보다 괴황지와 주사를 보내주십시오. 그리고 신황석, 옥, 수정 같은 금석 재료도 필요합니다. 하여간 좌도 수련에 필요한 재료들을 부적값만큼 많이 구해서 보내주십시오."

─그런 재료가 필요하면 전화를 하지. 그런데 이제 좌도 수련을 하려는 거냐? 차라리 그냥 네 사문의 수련을 열심히 해라. 수련도 때가 있고, 어려서는 그릇을 키워야 한다.

"힘이 남아돌아 하는 겁니다. 어르신들이 가르친 것들도 기본은 배워 놔야 하지 않습니까?"

─알았다. 그럼 내가 그것들은 구할 수 있는 만큼 보내주마.

요즘은 괴황지, 주사 같은 좌도 재료도 구하기가 쉽지 않았다.

이런 마이너한 재료도 인맥이 있어야 구할 수 있다.

그리고 보통의 재료가 아니라 최상의 품질이 필요했다. 이미 쇼핑몰에서 받은 물건들의 질에 실망한 정수는 부적 노인에게 물품 조달을 맡기려 했다.

무도는 어느 정도 이뤘으니, 좌도의 비전을 수련하려는 것이다.

정수와 통화를 마친 송 노인은 정씨의 번호를 눌렀다.

"정 도인, 나 송가야."

─어르신이시군요.

"정수가 전화를 했는데, 좌도 재료를 구하더군. 내가 비전 때문에 가르치기는 했어도 그 아이에게 좌도를 강요할 생각은 없네. 요즘 수련이 잘 안 돼서 좌도에 관심을 두는 것 같은데, 자네가 잘 다독여 주게. 정수의 수련도 제법 물이 올랐는데, 자네 사문의 비전도 좀 풀게. 정수가 언제까지 산속에 있지는 않을 텐데, 이제 그만 가르칠 때가 되지 않았나? 그리고 섭섭한 것이 있으면 말하게. 나도 살날이 얼마 남지 않았는데 아낄 생각은 없네."

정수가 한눈을 팔고 있다는 생각에 송 노인은 정씨에게 전화를 했다.

정수가 이어야 할 비전이 한두 개가 아니었다.

노인들은 나이가 들수록 후계에 대한 걱정이 더욱 커지고 있었다.

그래서 정수에게 전수는 하지만, 깊은 수련을 강요하지 않았다. 좌도 수련은 위험이 크고 소모적이기 때문이다.

송 노인은 정씨에게 보상을 장담하며 정수를 다독이라고 권했다.

그러나 이는 송 노인이 정수의 기연을 모르고 전화를 한 것이다.

—벌써 정수에게 비전을 넘겼습니다. 이미 제 수준을

넘었습니다.

"아니, 그게 말이 되나? 아직 십 년은 여물어야 할 그릇이야."

―기연이 있었다고 합니다. 저도 이제 정수에게 손을 뗐습니다. 저야 외문제자이지 않습니까?

"그게 정말인가?"

―만나 보면 바로 아실 겁니다.

"정말 기연을 얻었나? 그래도 아직 어린애인데, 자네가 잘 가르쳐 주게."

―정말 벌써 저를 넘어섰습니다. 그리고 천상검께서도 가르치고 계시니 수련에 큰 어려움은 없을 겁니다.

"그런 소문은 들었는데, 정말 천상검께서 아직 살아 계셨나?"

―정수가 검을 배우고 있으니 확실할 겁니다. 정수에게 검을 가르칠 수 있는 실력자는 얼마 없습니다.

"음, 알겠네. 내 곧 내려가 보도록 하겠네."

―네, 어르신.

'요즘 세상에도 기연이 있다니, 천상검께서 도와준 건가? 아니지, 그 어른이 그런 무리를 할 리는 없는데. 혹시 그분도 비전의 전수 때문에 무리를 하신 건가? 작은 그릇에 억지로 물을 채울 분은 아닌데. 정말 모를 일이군.'

옛날에도 드문 기연이 요즘에 있을 리가 없었다.

이제는 산삼 군락을 발견했어도 옛날의 산삼 하나보다 약효가 떨어지는 시대였다.

그러나 기연이 아니면 갑작스런 성장을 설명할 수 없었다.

그래서 송 노인은 도력 높은 천상검을 의심했다.

그는 곧 사라질 마지막 진짜 도인이었다. 그런 도인이라면 내공이라도 전해 줄 수 있을 것 같다는 생각이었다.

그러나 괜히 도인이 아니었다. 진짜 도인이 무리한 일을 할 리가 없었다. 정수는 몸의 자질이 보통 수준이었다. 무도를 익힐 체질과 팔자는 아니었다.

'그럼 정말 제대로 된 수호부를 만들었나? 정말 수호부라면 나도 기연을 만난 것이군. 요즘 도력이 떨어져 잡것들이 보이던데, 이제 죽을 때까지 걱정은 없겠군.'

기연을 생각하던 송 노인은 정수의 택배를 설레는 마음으로 기다렸다.

벼락 맞은 대추나무나 복숭아나무, 법기 등으로 몸을 지키고 있지만, 효과는 적었다. 부적을 그린 반작용이라 귀한 법기들도 효과가 적은 것이다.

부적으로 생긴 문제는 도력으로 풀어야 하기 때문이다.

정수의 수호부에 도력이 서렸다면 말년의 걱정을 덜어

낼 수 있는 것이다.

정수의 갑작스런 실력 증진이 여러 가지 파문을 일으키
고 있었다.

5
천상검

辟踊行路咸以錢之

春秋六十有二其年春秋六十有二其年

辟此下方姚乾他方辟此下方姚乾他方

不瘳手遏

洛賢人同鬼神而為洛賢人同鬼神而為

永泰二年七廿一日勒永泰二年七廿一日

寅東遠西山之童寅東遠西山之

"아함~"

어느 정도 경지에 오르자 정수는 수련의 열의가 거의 사라졌다.

그래서 잔뜩 하품을 하며 뭘를 할지 고민하며 산 아래를 둘러봤다.

고질도 극복했으니 세상 구경이라도 할 생각이 든 것이다.

"심심한데 세상 구경이나 할까? 좀 돌아다니며 적응을 해야겠지. 그리고 은정이에게 촌놈 소리는 듣지 말아야지. 흐흐."

정수는 나뭇가지를 밟아 산을 내려갔다.

경신법으로 나무 위로 다니면 길이 필요없었다. 경공술을 펼치면 험한 지형도 쉽게 지날 수 있었다. 산을 일직선으로 다니는 것이다.

이래서 진짜 고수를 만나기 힘들었다. 사람이 다니기 힘든 곳으로 다니기 때문이다.

경공을 펼친 정수는 곧 산 아래 있는 도천사에 도착했다.

그동안 정수의 활동 한계선이었던 곳.

이 아래로는 일곱 살 이후 거의 내려가지 않았었다.

세상 구경을 하기로 마음먹은 정수는 도천사를 지나 슬슬 걸어 내려갔다.

와글와글.

평일이라도 지나는 등산객이 많았다.

산속이라고 할 수 있는 곳이지만, 길도 포장이 되어 있었다. 길옆에는 식당으로 개조한 집들이 영업을 하고 있었다.

세상은 무서운 속도로 산속까지 파고 들어오고 있었다.

정수는 지나는 사람들과 상가의 물건들을 구경하며 인파에 섞여 움직였다.

그러나 정수는 눈에 띄는 존재였다.

옷은 낡은 승복이었고, 이리저리 구경하는 모습은 촌놈, 그 자체였다.

지나는 사람마다 정수를 힐끔거렸다.

'으, 일단 옷 좀 사야겠군. 이제 요즘 옷을 입어도 발진이 생기지는 않겠지. 돌아가서 옷을 갈아입고 와야 이런 시선이 줄어들겠지.'

정수는 사람들의 시선이 뜨겁자 승복을 갈아입어야 하는 것을 알았다.

정수는 그동안 천연 소재에 낡은 승복만 입어야 했다.

승복도 화학물질인 염색이 빠져야 입을 수 있던 처지였다.

물론 속옷은 더욱 처참한 수준이었다.

그래도 송 노인이 비싼 천연소재로 천연염색을 한 한복과 속옷을 선물해 거지로 보이지는 않았다.

그러나 산속에서는 몰랐지만, 승복은 너무 눈에 띄는 옷이었다.

빵빵!

그때, 멀리서 벤츠가 다가오며 경적을 울렸다.

"어? 어르신."

정수가 부적노인이라 부르는 송 노인이었다. 어제 정수가 보낸 부적을 받고 바로 내려온 것이다.

송 노인은 창문을 내리며 말을 걸었다.

"이 아래는 무슨 일이냐? 고질은 괜찮고?"

"이제 견딜 만합니다. 부적 받으셨죠?"

"그래, 내가 그걸 받고 놀라서 내려왔다. 견딜 만하면 차에 타라. 차도 오랜만에 타 보지?"

"네, 몇 년 전에 중등 검정고시 보러 갈 때 탔습니다."

"그때 고생했다는 소리는 들었다. 그런데 주민등록증 발급받으러 읍사무소는 안 갔냐?"

"거긴 아침 일찍 갈 필요는 없어 그냥 산길로 해서 갔습니다. 그때도 지문 찍을 때 고생 좀 했습니다. 손에 잉크를 바르는데 발진이 생겨 엉망이 됐습니다."

"지문이 제대로 안 찍혔겠구나. 또 오라고 하지는 않더냐?"

"저야 병원 진단서는 필수 아닙니까? 진단서 보여 주니 이해를 하더군요. 그리고 발진이 점차 온몸으로 번지니 그냥 보내줬습니다."

"고생이 많았구나. 이제 괜찮아졌으니 다행이다."

곧 차는 도천사 아래의 주차장에 도착했다.

송 노인은 차를 멈추고 트렁크를 열었다. 급하게 내려오긴 했지만, 보관하던 괴황지나 주사 같은 재료를 가져온 것이다.

"짐 좀 들어라. 일단 있던 것을 가져왔다. 계좌에 일억도 넣었다. 더 주고 싶은데 갑자기 큰돈을 넣으면 주의를 끌 것 같아 일억만 넣었다. 나머지도 현금으로 만들어 은행 금고에 넣어 주겠다."

"잘 쓰겠습니다. 그 정도면 충분합니다."

송 노인이 진짜 집 한 채 값을 주자 정수의 입은 찢어지게 벌어졌다. 직접 5만 원 받고 부적을 팔아 보니 그런 거액이 마음에 와 닿았다.

물론 수호부 같은 부적은 사실 값을 매기기가 어려웠다.

그저 구매자의 보는 눈, 필요, 재력에 따라 적당한 값을 치를 뿐이었다.

그러나 송 노인은 그런 모든 조건을 갖춘 구매자였다.

그래서 일단 일억을 정수의 계좌에 넣고 나머지는 현금으로 주겠다는 말을 하고 있었다.

도화살부가 보통 일억을 받아 공식적으로 보낸 것이다. 세무서에서 나와도 일억은 설명할 수 있었다.

음지에서 벌면 돈이 있어도 쓰지 못하는 세상이었다. 송 노인도 세금으로 골치를 앓은 적이 있어 배려하는 것이다.

그러나 역시 부적값으로 일억은 과했다. 보통 사람이 그런 가격을 들으면 쉽게 믿지는 않을 것이다.

그래도 부적 같은 것은 입소문과 필요에 따라 가격이 정해지는 상품이었다.

남편이 바람을 펴서 가정이 깨질 것 같은 사모님이라면, 부적이 일억이라도 구입할 수밖에 없었다.

그리고 그런 가격을 받을 만큼 송 노인의 명성이 자자했다.

　　도화살부로 효과를 본 사모님들이 수없이 많았다.

　　그리고 대개 재차 구입을 해서 수요는 충분했다. 바람을 피던 남자가 또 피기 마련이었다.

　　그리고 정수는 일억이 대단히 많다고 느끼기는 하지만 실감은 하지 못하고 있었다. 금전 개념이 별로 없는 것이다. 아직 돈의 가치를 실감하지 못하는 것이었다.

　　일억만 해도 평범한 사람이 모으기 쉽지 않은 돈이었다. 송 노인이 억, 억 해서 그런가 보다 하고 있었다.

　　물론 상류층에게는 일억도 큰돈이 아니기도 했다.

　　가정을 깨려는 남편이 제정신을 차리게 할 수 있다면 아주 저렴한 값이었다. 가방이나 옷으로 수억씩 사치하는 것에 비하면 아주 저렴한 가격이었다.

　　오히려 부적이라는 것 때문에 가치가 평가절하된 것일 수도 있었다.

　　송 노인은 부적의 가치를 잘 알고 있고, 돈도 많아 아주 듬뿍 주려고 했다.

　　정수가 제자인 셈이니 유산을 주려는 것일 수도 있었다.

　　"물건은 가치만큼 값을 줘야지. 제대로 값을 치러야 효과도 좋은 거다. 그리고 이것들을 구할 수 있는 연락처와 약도다. 앞으로 자주 보내주겠지만, 내가 언제 죽을지 모르니 미리 알아 둬라. 내 이름을 대면 하급품을 주지는 않을 거다."

"아직 정정하시지 않으십니까. 그리고 이제 그리는 연습은 줄여도 되니, 그렇게 많이 필요하지는 않을 겁니다."

"그래, 그리고 염려되어 하는 말이지만, 좌도 수련은 가급적 피해라. 좌도가 안 좋다는 소리가 아니라 필요가 없는 세상이다. 그냥 잊지 않을 정도만 익혀서 나중에 제자에게 이어 줘라. 그리고 나나 다른 노인의 비전은 그저 곁가지인 술법이지, 사실 좌도라고 하기도 부끄러운 수준이다. 좌도의 기초가 부족하니 깊이 익히지는 마라."

"염려 마십시오. 이제 고질을 고쳤으니 여러 어르신에게 배운 것을 기본이라도 익히려는 겁니다."

"그래, 후세에 전할 정도만 익혀라. 그리고 기연이 있었다고?"

"운이 좋았습니다. 그것도 여러 어르신에게 배운 것이 도움이 되었습니다. 이런 파격이 있으니 좌도가 아니겠습니까?"

"파격이라 위험도 큰 거다. 이제 나보다 뛰어난 네게 무슨 충고를 하겠냐마는, 노인의 걱정으로 생각해라."

"주의하겠습니다."

"그럼 수련 열심히 해라. 부탁한 재료를 모으면 또 오겠다."

"그냥 택배로 보내셔도 됩니다. 그럼 조심해서 돌아가십시오."

송 노인이 돌아가자 정수는 도천사에서 인터넷으로 쇼핑부터 했다.

아까 느낀 대로 옷부터 구입을 했다.

"내가 촌놈이라니? 그래도 어렸을 때는 서울에서 살았는데, 정말 많이 변했네."

옷이 배달되자 정수는 두리번거리며 세상 구경을 했다. TV도 많이 봤지만 쉽게 적응이 되지 않았다.

비록 시골 읍내지만 세상의 변한 모습에 정수는 연신 두리번거렸다.

"전화부터 살까? 아니, 먼저 돈부터 찾아야지."

오늘은 휴대전화를 사기 위해 나온 것이다.

그동안 전화는 필요도 없는 산속이었고, 화학물질 때문에 가지고 있을 수도 없었다.

하지만 이제 제약이 없으니 정수는 유치원생도 있다는 휴대폰을 사기로 했다. 은정이에게 전화하려면 필요하기도 했다.

정수는 돈이 필요할 것 같아 직불카드를 가지고 은행으로 갔다. 산에만 있던 정수에게 카드는 필요없지만, 인터넷 쇼핑을 하려면 카드 번호가 필요해 부모님이 만들어 준 것이다.

정수는 다른 사람이 ATM을 이용하는 것을 뒤에서 지켜보다가 기계 앞에 섰다. ATM 이용방법은 쉽지만, 처음은 무엇이나 어려운 법이다.

정수는 중간에 사기나 피싱을 주의하라는 화면이 나올 때는 놀라서 거래를 취소하기도 했다.

정수는 여러 번 실패를 하다가 간신히 돈을 찾을 수 있었다. 사실 휴대폰 사는 데는 목돈이 필요없기에 쓸데없는 행동이었다.

"휴우, 좀 어렵네. 이제 전화기를 사야지."

정수는 돈을 가지고 휴대폰 대리점 기웃거렸다.

그러다 호구임을 간파한 직원에게 바가지를 쓰고 비싼 휴대폰을 장만하게 되었다. 뭐든지 모르면 교습비를 치르기 마련이다.

정수는 싸게 샀다고 만족하며 가게를 나왔다.

휴대폰을 산 정수는 거리를 돌아다니며 구경도 하고 충동구매도 했다.

그런 행동은 당연히 사람들 눈에 띄었다. 옷이야 비슷하게 입고 있지만 행동이나 분위기의 차이가 확연했다.

그리고 눈치있는 자들은 정수의 지갑이 두툼하다는 것을 알 수 있었다.

어느새 정수의 뒤에 꼬리가 달리고 있었다.

건들거리는 몇 명이 멀리서 정수를 살피며 뒤를 따랐다.

그러다 두리번거리는 정수가 한 골목으로 들어가자 길을 막고 다가왔다.

"어린놈이 로또라도 당첨되셨나? 아주 돈 냄새가 풀풀 나네. 좀 나눠 먹자고."

정수가 어려 보이지만 학생으로 보이지는 않았다.

꼭 농사짓다가 소 판 돈으로 쇼핑하는 촌놈의 모습이었다. 그것도 아주 시골에 있다가 오랜만에 읍내에 나온 모습이었다.

세 명의 양아치는 협박을 하며 정수의 주머니를 털려고 했다.

'허허, 이게 말로만 듣던 깡패인가? 그런데 어느 정도로 때려야 쓰러지지? 지난번에 세게 때렸다가 사람 잡을 뻔했는데, 괜히 잘못 때렸다가 뼈라도 부러지는 것 아니야? 그리고 때리면 돈 든다고 하던데, 그냥 맞아야 하나? 그냥 담장을 넘어서 피할까?'

정수는 가벼운 손짓으로 나무도 분쇄할 수 있지만, 그게 문제였다. 대련을 한 적도 없고, 힘 조절에 자신이 없으니 고민이 되었다. 갑자기 늘어난 내공 때문에 특히 힘 조절에 자신이 없었다.

그리고 여러 매체와 귀동냥으로 맞는 것이 이득이라는 것은 알았다. 비록 깡패지만 때렸다가는 문제가 커질 수 있어 정수는 머리를 굴렸다.

그리고 때릴 수도 없고 맞기도 싫으니, 담을 넘어 피 생각을 했다.

"이거, 완전히 얼었는데?"

"완전 호구야."

"어이, 촌놈. 맞기 전에 얼른 지갑 좀 까 봐라. 좋은 것이 있으면 나눠야지."

정수는 좌우의 담을 보며 어디로 넘을지 살폈다.

"도망갈 생각 말고 어서 지갑 까 봐. 자꾸 그러면 형님이 화낸다."

"숨기다 걸리면 십 원에 한 대야. 센터 까기 전에 다 꺼내 봐."

"형님들이 말하는데 어딜 두리번거려?"

정수가 두리번거리자 양아치들은 위협의 수준을 높이며 다가왔다.

'그냥 한 대 쳐 볼까? 살짝 치면 위험하지는 않겠지. 부러지면 개값 물고. 이것도 어느 정도로 때려야 하는지 실험할 수 있는 기회지. 그런데 이런 게 개값 문다는 의미구나.'

양아치들이 더욱 성질을 건들자 정수는 개값을 물고 실

험을 할까 갈등을 했다.

"휴우, 확실히 욕을 직접 들으니 참기 힘드네. 잘못 걸렸다고 생각해라. 치료비는 내가 책임지고, 살짝 때릴 테니 안심해라."

"이놈이 살짝 돌았나?"

"굳이 맞겠다면 우리가 힘 좀 써야지."

"내가 십 원에 한 대씩 때려 줄게."

아는 것과 경험하는 것은 확실히 달랐다.

정수는 양아치들의 욕과 위협을 직접 당해 보니 쉽게 넘길 수가 없었다.

정수는 개값을 물며 실험을 해 보기로 했다.

그런데 끼어드는 사람이 있었다.

"거기, 정수냐?"

"어? 정 사형."

어제 들른 송 노인에게 두툼하게 받아 읍내에서 거하게 놀고 돌아가던 정씨였다.

"안녕하십니까, 선생님!"

양아치들도 정씨를 향해 선생님이라고 부르며 일제히 허리를 숙였다.

그러나 정씨는 양아치에게는 아는 척도 안 했다.

"읍내까지 무슨 일이냐?"

"요즘 가끔 세상 구경 좀 하고 있습니다. 휴대폰도 사

230 곡하산답

야 해서 나왔습니다."

"슬슬 그러기는 해야지. 그래도 가급적 다 익히고 놀아
라."

"네."

"사람 함부로 때리지도 말고. 잘못하면 크게 경을 친
다."

"저도 어느 정도로 때려야 할지 몰라 잠시 고민을 했습
니다. 그래서 가볍게 팔을 때려서 시험해 보려 했습니다."

"아직 네가 대련은 해 보지 않았구나. 그럼 샌드백이라
도 사서 가볍게 때려 봐라. 내공은 쓰지 말고, 샌드백 겉
가죽이 상하지 않을 정도로 힘 조절을 해 봐라."

"샌드백이요?"

둘이 대화를 나누는 사이 양아치들은 벽으로 붙어 조용
히 있었다.

정씨는 다방과 술집에서 몇 번 시비가 붙었을 때 놀라
운 실력을 보여 청주와 대전까지 명성이 자자했다.

비전을 제대로 잇지는 못했지만, 그래도 세상에서 상대
할 자가 드문 강자였다.

주먹으로 살았으면 한 지역의 보스는 충분히 할 실력이
었다.

그러나 도인과 무인의 자존심상 그런 일에 눈을 돌리지
는 않았다.

그렇다고 실력과 명성이 어디 가는 것은 아니었다.

양아치 세 명은 잔뜩 쫄아서 눈치를 보고 있었다.

퍽퍽퍽!

"윽!"

"아악!"

"어이쿠!"

"대충 이 정도 위력으로 때리면 된다. 가급적 팔다리를 때리고, 몸과 머리는 피해라."

정씨는 양아치들을 한 대씩 때리며 시범을 보였다.

"연습해 보겠습니다."

방해물을 처리한 둘은 인사를 나누고 헤어졌다.

"으, 무슨 주먹이 그렇게 세냐?"

"시큰시큰해. 이러다 골병들겠다."

"촌놈처럼 보였는데 산에서 수련하던 놈인가 봐."

"그놈이 정 선생에게 배웠나 봐."

"이 정도로 끝나서 다행이다. 젊은 놈에게 맞았으면 병원에 실려 갔을 것 같다."

"난 힘 조절해야 한다는 말에 소름 돋았다. 정말 젊은 놈에게 맞았으면 골로 갔겠다."

"우리도 산에서 수련이나 해 볼래? 정 선생님께 무릎 꿇고 가르쳐 달라고 하자."

"너, 소문 못 들었어. 그랬다가 병신 되거나 죽도록 맞은 놈들이 많대. 정 선생이 저렇게 보이기는 해도 진짜 도 인이었대. 그러니 저 실력을 가지고 약초나 캐는 것이지 만."

"에이, 오늘은 일진이 안 좋네. 그만 집으로 가자."

"그러자. 이런 날 돌아다니다가는 칼침 맞겠다."

한동안 고통에 쓰러져 있던 양아치들은 일진 탓을 하며 집으로 돌아갔다.

정수는 휴대폰이 생기자 바로 은정이에게 전화를 하려 했다.

이제 자주 전화를 해서 조금은 여유로웠다.

그래도 겨우 머리가 하얗게 되지 않는 정도였다.

여전히 전화를 걸 때면 두근거리고 망설이는 정수였다.

"너무 들이대지 말라고 했지? 참 어렵네. 그런데 이거, 제대로 하는 건가?"

정수는 전화걸 때마다 가슴이 두근거려 인터넷 검색도 했다. 언제 전화를 하는 것이 좋은지 찾았던 것이다.

그리고 인터넷에는 연애에 대해 온갖 잡것이 많다는 것 을 알게 되었다. 궁금한 것이 많던 정수는 한동안 인터넷 에 있는 글들을 탐독했다.

물론 도움이 될지는 알 수 없는 글들이었다.

그래도 여자에게 너무 들이대면 위험하다는 것은 알게

되었다.

두 번째 통화처럼 바로 서울에 올라간다는 말은 금기였다. 당연히 여자가 부담을 느껴 물러서게 되는 것이다.

정수는 이제 휴대폰이 생겨 마구 전화하고 싶었지만, 여러 충고를 떠올리며 마음을 다잡았다.

―여보세요? 이은정입니다.

"나야, 정수."

―정수구나? 휴대폰 샀어?

"어. 이제 몸이 나아져서 슬슬 세상에 나가도 돼서 읍내로 나가 샀어."

―그렇구나. 정말 이제 몸이 좋아졌구나.

"응. 슬슬 세상에 나가도 될 것 같아."

―호호, 그럼 내가 면회 가지 않아도 되겠네?

"괜찮아. 집도 서울에 있으니, 곧 한 번 올라가려고."

―그래. 그럼 자주 전화해.

"응. 그리고 너무 귀찮게 하지는 않을게."

―호호, 그래. 지금 시험 기간이라 좀 그래. 시험 끝나면 내가 문자 날릴게.

"어."

정수가 느끼기에 순식간에 통화가 끝났다.

부들부들.

느끼지 못했지만, 정수는 지금 손을 떨고 있었다.

아직 이런 수준이었다.

'지금이 시험 기간이구나. 끝나면 문자한다고 했지. 문자는 또 어떻게 하는 거지? 그것도 검색해서 배워야지.'

아직 정수가 배워야 할 것은 많았다.

팡, 팡!

"이 정도인가?"

정수는 여기저기 구멍 뚫린 샌드백을 두드리며 힘 조절을 연습하고 있었다. 뼈를 부수고 살을 찢지 않는 수준의 위력을 찾는 것이다.

띠리링, 띠리링.

그때, 휴대폰이 울렸다. 깊은 산속이라도 휴대폰이 잘 터지는 놀라운 세상이었다. 전파가 잘 닿는 정상 부근이라 터지는 것이다.

"어? 어르신."

―오늘 내려가는데, 12시에 대전으로 나와라.

"대전이요?"

―그래. 현금을 가져가는데, 산에 보관할 수는 없으니 은행 금고에 넣는 것이 좋겠다.

"일억이면 충분한데, 구하시는 재료들 가격 비싸지 않습니까?"

송 노인이 가져다준 괴황지와 경명주사를 비롯한 여러

재료들은 정말 비쌌다. 국내산 최고급품이었다. 부적 한 장의 원가만 십만 원이 넘었다.

정수가 치성을 드리던 보살에게 처음으로 판매한 부적은 값을 따져 보면 선물인 셈이었다.

그리고 정수는 많은 쇼핑을 해도 줄지 않는 통장의 잔고를 보며 일억의 가치를 실감하고 있었다.

그런데 돈을 더 준다는 말에 사양을 했다. 너무 신세지는 것이 부담스러운 것이다.

그러나 송 노인은 확실히 부적값을 치를 듯한 기세였다.

─계산은 확실히 해야지. 신분증과 도장 챙겨서 12시에 터미널 앞으로 나와라.

"네."

돈이 생겨도 문제였다. 재물이 있으면 도둑을 걱정해야 했다.

'요즘 기웃거리는 사람들도 많던데, 책과 법기들을 은행 금고에 보관할까?'

정수에 대한 소문 때문에 요즘 들어 부적 주변을 살피는 사람들이 많아졌다. 정수가 뭔가 이뤘다는 소문이 도니 파리가 꼬이는 것이다.

성과가 드러나자 지난번 도둑 같은 자들이 생겨나는 것이다.

정수는 은행 금고라는 말에 궤짝 속의 책과 법기, 영약을 옮길 생각을 했다. 보물을 가진 죄였다. 훔쳐도 익히거나 사용하지는 못하겠지만, 욕심이 생긴 사람이 그런 것을 따지지는 않는다.

책이나 법기는 없어져도 크게 상관은 없지만, 영약들은 걱정이었다.

결심이 서자 정수는 궤짝 속의 물건들을 꺼내 정리하고, 책들은 다시 읽으며 기억을 되새겼다.

그런데 비급이라고 꺼낸 것들은 대부분 요즘의 공책이었다.

좌도의 술법들은 글로 전하는 것이 드물었다.

그런 탓에 이 공책들은 노인들이 직접 써서 준 것이었다.

원래는 하나하나 직접 가르쳐 전수해야 하지만, 이렇게라도 해서 전수하고 있었다. 오래 붙잡고 가르치지 못하니 주의점이나 요령들을 공책에 적어서 정수에게 바친 것이다.

그리고 궤짝에는 다양한 크기의 상자들이 있었다. 골동품인 법기들을 보관하는 상자였다.

좌도의 법기들은 자신이 직접 만드는 경우가 많았다. 사람마다 기질이 다르니 직접 제련해야 효과가 좋았다.

그래도 선대에서 내려오는 것들은 있었다. 최하 백 년

은 넘는 골동품들이었다.

방울, 거울, 단도, 도척, 패철, 점통, 침, 여러 모양의 옥기 등 주술이나 도술에 쓰는 법기들이었다.

노인들은 사연있는 물건이나 법기들은 대부분 정수에게 주었다. 죽을 때 가져갈 것도 아니고, 자식에게 물려줄 수도 없는 것들이었다.

법기들은 양날의 칼 같아서 능력이 없으면 해만 입게 된다. 골동품이라고 팔거나 물려줄 수도 없는 것들이었다.

정수도 여러 좌도의 비전을 잇는 것은 부담이었다. 필요나 도움도 안 되는 것들을 괜히 익힐 필요는 없었다.

그래도 이런 골동품이라도 받으니 배웠던 것이다.

정수는 책들과 법기들을 쇼핑하며 새로 구입한 가방에 넣었다. 법기들은 상자에 보관하고 있어 부피가 컸다.

마지막으로 제일 중요한 영약이 든 병 두 개를 챙겼다. 할머니에게 약간 사용한 한 병은 암자에 두고 조금씩 사용할 생각이었다.

다음 날, 정수는 가방 네 개를 들고 산줄기를 타서 읍내 근처로 내려갔다. 가방이 많아 택시를 타고 대전으로 향했다.

"여기다. 그런데 무슨 가방이냐?"

"책과 법기들입니다. 요즘 기웃거리는 자들이 많아서

은행 금고에 넣어 두려고요."

"욕심낸다고 배울 수 있는 것도 아닌데 비전을 노리다니, 날파리 같은 것들이야. 혹시 네게 접근하는 놈들이 있으면 연락해라. 도력은 없어도 입은 고수인 놈들이라 네가 당할 수도 있다. 사람들이 멍청해서 사기를 당하는 것이 아니야. 사기꾼들이 워낙 고단수라 당하는 거야."

"저야 체질 때문에 사람 만날 수도 없다고 소문나지 않았습니까?"

"그 소문이라도 없었으면 진작 접근하는 놈들이 있었을 거야. 냄새 때문에 접근을 미리 안다는 것도 있으니 아직 도둑도 없는 거겠지."

"제가 요즘 자주 산 아래로 내려가 더 그러는 것 같습니다."

"잘 생각했다. 책이야 하나씩 꺼내서 익히면 되지. 도둑맞지 않게 잘 보관해라. 내가 연락해 둔 은행이 있으니 타라."

송 노인은 대여금고가 있는 큰 은행으로 향했다. 미리 연락을 해서인지 은행에서는 정수의 신분증과 도장을 받아 빨리 일을 처리해 주었다.

정수는 큰 대여금고 세 개를 십 년 계약해 수수료를 선납하고 물건들을 정리했다.

한 금고에는 송 노인이 건넨 현금 다발을 꽉 채우고,

한 금고에는 책과 법기를 넣고, 한 금고에는 병 두 개를 잘 넣어 두었다.

송 노인이 10억이라는 현금을 주었지만, 정수는 별생각이 없었다. 금전 감각도 부족하고, 워낙 큰돈이라 실감도 안 났다.

그저 송 노인이 제대로 값을 쳐줬다고 생각하는 수준이었다. 도화살부가 1억이니, 수호부는 10억 정도면 적당하기는 했다.

정수는 대여금고 열쇠 세 개를 챙겨 은행을 나왔다.

"다 정리했냐?"

"네."

"여기 그동안 구한 것들이다. 벼락 맞은 대추나무는 중국 거지만 효과는 있을 거다. 좌도의 금석과 초근 재료도 있는 대로 구했다. 도매상과 판매상 연락처와 약도도 있으니 나중에 직접 찾아가 봐라."

"감사합니다. 이제 재료는 제가 둘러보며 찾아보겠습니다."

"괜찮다. 그리고 그런 재료는 인맥이 있어야 구할 수 있으니, 나도 수소문해 보겠다. 그리고 법기 같은 것들도 필요하냐?"

법기라고 하면 도술이나 주술에 사용하거나 기운이 서려 있는 보물이나 사연이 있는 기물이었다.

송 노인은 갑자기 법기가 필요하냐고 물었다.

"법기들을 구할 수 있습니까? 가격도 만만치 않을 텐데, 그만두십시오. 그저 호기심일 뿐이지, 특별히 필요하지는 않습니다. 지금은 물려받은 법기들도 다루지 못하지 않습니까?"

"골동품은 비싸지만 진짜 법기는 비싸지 않아. 법기는 일반인이 가지고 있으면 해만 당해 소문이 좋지 않다. 그런 것도 능력이 있어야 소유할 수 있는 법이다."

"그렇겠군요. 주술에 쓰던 법기는 일반에게 해만 끼치겠군요. 그럼 금고에 있는 돈만큼 구해 주십시오. 돈을 가져오겠습니다."

"괜찮다. 나중에 정산하면 된다. 물건이 구해지는 대로 보내주겠다. 그럼 들어가라."

"그럼 어르신, 조심해서 돌아가십시오."

도술에 쓰던 영험한 법기는 드물지만, 기운이 서린 물건 정도는 많았다.

물론 상서로운 기가 아니라 귀기가 보통이었다.

송 노인은 정수가 뭔가 연구하는 것 같아 그런 법기의 구매를 물은 것이다.

그런 법기도 귀신을 부리거나 힘을 빌리는 데 사용할 수 있었다. 과거 경지가 낮은 주술사들이 그런 법기를 많이 사용했다.

그리고 요즘에는 귀신들린 물건으로 취급되어 꺼림직한 골동품이라는 낙인을 받고 있었다.

그런 것들은 이제 정수 정도나 제대로 쓸 수 있고, 해를 입지 않으니 수거하는 것이 나았다.

정수는 택시를 타고 돌아가며 오랜만에 보는 대도시의 모습에 세상의 변화를 실감했다.

'이제 도시에서 살아야 하나? 서울에서 지낼까? 하지만 집에서 지내기는 좀 그런데.'

정수는 시야에 들어오는 도시의 모습에, 앞으로 어디서 살아야 하는지 고민을 했다.

그러나 정수는 한동안 산에 머물러야 했다.

어떻게 알았는지 검노인, 즉 천상검이 정수를 찾은 것이다.

"기연을 얻었으면 진즉 가르침을 청하러 찾아왔어야지, 늙은 내가 소문을 듣고 와야겠느냐?"

점잖게 타이르는 말에 정수는 바로 허리를 숙였다.

좌도의 비전을 전하는 노인들은 정수의 밥이지만 천상검은 달랐다. 실력도 높지만 진짜 도인이었다. 정수가 유일하게 어려워하는 노인네였다.

"내공이야 높아졌지만 아직 배운 것을 제대로 익히지 못해 수련하고 있었습니다."

"고질을 극복했다고 놀러 다니는 것은 아니고?"

"아닙니다. 열심히 수련했습니다. 이제 경신의 법을 익혀 나뭇가지를 밟고 다니고, 세법으로 검기도 만들 수 있습니다."

"좌도 수련에 매진한다는 소리가 있던데."

"그것들도 기본은 익혀야 하지 않습니까? 이제 마음의 여유가 생겨 조금씩 익히는 수준입니다."

"철도 달궜을 때 두드려야 한다. 당분간 내가 절기를 전수해 주겠다. 네 사문의 절기를 익히는 것도 도와주겠다."

"감사합니다, 어르신."

정수는 꼼짝없이 천상검에게 붙잡혀 수련을 해야 했다.

그래도 덕분에 여러 절기를 제대로 배울 수는 있었다.

"이 수법은 네 사문의 것이다. 나도 본 적이 있으니 가르쳐 주도록 하겠다. 책을 보고 익히는 것이 쉽지는 않으니, 내가 형이라도 알려 주는 것이다."

"감사합니다, 어르신."

우웅.

휘잉—

촤악!

천상검의 시범이 있었다. 옛날이야기 속에 나오는 선인의 모습이 이 시대에 재현되고 있었다.

그런데 손을 쓰는 시범이 아니라 보법의 전수 같았다.

천상검의 모습은 공간을 넘나들며 사방에 나타났다 사라지고 있었다. 신출귀몰한 모습에 수법은 눈에 들어오지도 않았다.

"잘 보았느냐?"

"저…… 보법 시범이었습니까?"

"역시 무골은 아닌데, 참 신기한 일이야. 손이나 발을 보지 말고 전체를 봐라. 적과 싸울 때도 손발에 시선을 줄 것이냐? 발이야 그저 따르는 것이다. 이 수법은 예순네 가지 오의가 담겨 있다. 복잡한 절기라 네가 책을 보고 홀로 익히기 어려울 것 같아 보여 주는 것이다. 하나하나 구결을 음미하면서 시범을 떠올려 봐라. 구결은 알겠지?"

"그게…… 한 번 읽어 봐서 기억이…….”

"그럼 외우고 있어라. 구결을 알아야 형이 눈에 들어올 거다."

"책을 은행 금고에 넣어 두어서 당장은 외우기가 어렵습니다."

"은행 금고에 넣었다고? 비전을 받았으면 외우고 나서 태워 없애야지."

"천천히 익히려고 했습니다."

"어허, 수련도 때가 있는 법이다. 열심히 익혀야지. 내가 구결을 알려 줄 테니 외우도록 해라."

"구결까지 아십니까?"

"그 정도야 비전도 아니지. 옛날이야 호신을 위해 그런 절기를 만든 것이지, 요즘에는 필요도 없는 잡기들이다. 괜히 배웠다고 힘쓰고 다니지 마라. 이런 것은 그저 준비 운동으로 생각하고 익혀라. 어차피 진짜 비전은 하나씩밖에 없다."

"네. 그런데 제 사문의 이름은 뭡니까? 사문의 이름이 특별히 없다는 것은 들었지만 너무 몰라서……."

"비급에 앙천광명 천왕현세라는 글이 없었냐?"

"그게 사문의 이름입니까?"

"천왕강림을 바라고, 기원하며, 구현하는 것이 천왕현세로, 네 사문의 비전이자 오의다. 그래서 옛날에는 천왕문이라 불렸다. 그러나 이제 그런 이름을 아는 이들이 열을 넘지 않으니 상관없겠지."

"천왕문이었군요. 그런데 비급을 보니 보법이나 권법, 장법, 검법 같은 것이 없고 천왕의 모습을 은유적으로 표현하던데, 어떻게 익혀야 하는 겁니까?"

"자질도 보통인데, 정씨 아이도 답답하게 가르쳤구나. 몸을 움직이면 보법이고, 손을 쓰면 장법과 권법이고, 검을 들면 검법이다. 그런 걸 나누는 것이 이상한 것이다. 네 사문의 비전은 모두 천왕현세에 녹아 있다."

"그렇군요. 제가 부족해서 이해하지 못하는 것이라 생

각했습니다.”

“자질이 부족하기는 하다. 보통 구결만 봐도 저절로 형이 나오는 법이다. 스스로 구결을 보고 깨달아 형을 만들어야 얻는 것이 많다. 그래서 비전을 전할 때 고정된 형을 전수하지도 않는다. 사람마다 다른데 어떻게 똑같은 형과 깨달음이 나오겠느냐?”

“전 안 되던데······.”

“이거, 한동안 머물러야겠구나. 좋은 방법은 아니지만 시간도 없으니 내가 보았던 형을 모두 알려 주겠다. 네 스승이 깨달았던 형이지만 참고는 될 거다.”

“감사합니다.”

정수의 자질을 확인한 천상검은 자신이 알던 형을 가르쳐 주기로 했다. 타인의 깨달음이라 수도에 도움이 되지 않겠지만, 비전의 전수를 우선으로 생각한 것이다.

“다 외웠느냐?”

“아직······.”

“어허, 몇 번을 봤는데 마음에 새겨지지 않았느냐? 정씨 아이도 한두 번이면 외웠는데. 어허!”

정수는 역시 무골은 아니었다. 시범을 여러 번 봐야 간신히 형을 익힐 수 있었다.

그동안 워낙 배운 것이 적어서 드러나지 않던 문제였다.

좌도의 술법을 척척 익히는 것과 확연히 차이가 있었다. 정수는 귀신을 다루는 술법의 시작인 통심주도 하루만에 익혔다.

그래서 기초만 가르치고 노인들이 책을 주고 물러간 것이었다. 좌도의 술법은 혼자서 충분히 익힐 수 있는 모습을 보인 것이다.

반대로 무예를 배우는 것은 시간이 걸리고 있었다.

정수는 엄한 천상검의 감시 속에서 육체와 정신을 닦아야 했다.

천상검은 오래 살고 실력도 높은 만큼 아는 절기가 많았다.

옛날에 한 번 봤던 시범들도 모두 기억하고 있었다. 엄청난 무골인지 옛날에 봤던 시범들을 다 기억하고 있었고, 본 것만으로 오의를 대부분 이해하고 있었다.

정수에게는 정말 다행스런 일이었다. 천상검의 도움이 없었으면 천왕문도 정수 대에서 끊겼을 수도 있었다. 정수는 무공에서만큼은 범재였다.

정수는 천상검의 지도로 사문의 천왕현세뿐만 아니라 여러 문파의 형을 익혔다. 정수가 자질이 부족하니 도움이 되라고 되도록 많은 형을 가르치는 것이다.

비전을 이을 정도의 무골이라면 처음 익힌 기본공을 응용해 스스로 형을 창안할 수 있었다. 하나를 가르치면 열을 아는 무골만이 비전을 이을 수 있었다.

그러나 정수는 무도 분야에서는 하나를 가르치면 하나를 어렵게 익히는 범재였다.

그래서 천상검이 되도록 많이 가르쳐 부족한 창의성과 응용력을 보충하고 있었다.

정수는 천상검에게 들은 여러 구결들도 외워야 했다. 복잡한 구결을 쉽게 외울 수가 없었다.

그래서 정수는 비급을 만들어야 했다. 보험 삼아 공책에 구결을 적고, 주의점이나 동작도 간단히 적었다.

정수도 자신의 머리를 믿지 못하는 것이다. 열심히 외우고 있지만, 깜박하면 절기가 끊길까 스스로 걱정하고 있었다.

물론 비급이라 하기에는 너무 부끄러운 수준이었다. 그냥 보험으로 만들어 두는 것이었다.

그리고 가르침을 뼛속에 새기는 수련도 많았다.

직접 겪어 보며 익히는 것이다.

"점혈은 부적을 그리는 때처럼 내공과 의지를 심어야 한다. 이렇게 당기듯이 심는 것이 보법, 밀 듯이 넣는 것이 사법, 회전을 시키는 것이 회두법이다. 어떤 효과가 있는지는 비급에 자세히 쓰여져 있다. 점혈법이나 쇄맥법은 가급적 쓰지 말도록 해라."

"으윽, 네. 익혀만 두겠습니다."

정수는 직접 점혈을 당하며 혈을 잡는 법을 배우고 있었다. 말이나 시범으로 배우지 못하니 몸으로 때우며 익히는 것이다.

그래도 천상검에게 무예는 제대로 배우고 있었다.

무도의 형뿐만 아니라 점혈과 검기처럼 내공을 쓰는 방법도 자세히 가르침을 받을 수 있었다. 정수의 자질로는 구결을 보고 홀로 익히기는 어려웠을 절기들이었다.

펑, 펑!

파바박.

"으으으~"

그리고 천상검과의 대련으로 실전 경험도 익힐 수 있었다.

대련을 해 보니 배운 절기와 내공을 어떻게 써야 하는지 알 수 있었다.

물론 정수가 일방적으로 두드려 맞는 대련이었다.

그래도 천상검이라서 정수를 가르치는 것이다. 지금 세상에 정수를 가르칠 만한 실력이 있는 사람은 열 사람도 채 되지 않았다.

그래서 사람을 피해 수도만 하던 천상검이 정수에게 자세히 가르치는 것이기도 했다.

한 달 정도 지나자 정수도 천상검이 알던 형을 모두 흉내 낼 수 있었다.

그리고 내공을 조절하고, 절기에 내공을 싣는 방법도 어설프게나마 배우게 되었다.

이제 혼자 수련할 수준이 된 것이다.

휘리릭.

사악.

싸사삭.

정수는 땅을 밟지 않고 공간을 넘나들며 검을 휘두르고 있었다. 공터에는 허공을 날아 옷자락이 펄럭이는 소리와 검이 지나며 공기를 가르는 소리가 가득했다.

천상검의 비전인 천상천검이었다.

정수의 경지로는 아직 부족하지만, 검노인의 별호인 천상검의 유래가 어떻게 나왔는지 알 수 있게 해 주는 시범이었다.

이것을 위해 정수에게 검의 기초를 가르치며 경공도 가르친 것이었다.

공간을 넘나드는 경공에 신경 쓰느라 검기를 제대로 발하지 못하고 있지만, 자연스럽게 예기가 드러나며 검법의 오의가 보이고 있었다.

아직은 형만 겨우 익힌 수준이지만 비전을 이었다고 할 수는 있었다. 정수의 자질을 확인하고 강제로 외우게 한 것이 옳은 판단이었다.

정수가 좌도에는 최고의 자질을 가졌지만, 무도에는 범재였다. 비급만 주고 갔다가는 절기가 끊겼을 것이다.

원래 천상검을 배울 정도의 인재면 한두 번의 시범으로 충분했다. 정수가 쉽게 술법을 익히는 것처럼 무골이라면 한 번의 시범이면 충분한 것이다.

"이제야 형을 겨우 익혔군. 참 신기한지고."

"휴우, 여러 절기를 익히는 데 한 달도 짧지 않습니까?"

"이 정도는 익힌 것이 아니라 그냥 아는 수준이다. 이제 형이 아니라 구결을 참오하며 익혀야 한다."

"좌도의 술법은 한두 번 시범을 보고 넘어갔는데……."

"너는 그 한두 번으로 익히지 않았느냐? 무도도 마찬가지다. 준비가 되면 보는 순간 이해되고 바로 따라 할 수 있다. 몸에 완전히 익히는 것이야 다른 문제지만, 대개 그렇게 배운다."

"자질이 부족해 죄송하게 되었습니다."

"알긴 아는구나. 그러니 앞으로 몇 달간은 배운 것을 끊임없이 반복하도록 해라. 너는 아직 오의를 이해하지 못하고 그저 외우고만 있다. 노력이 부족하면 외운 형도 잊어버리게 된다. 이해하지 못하니 반복이라도 해서 몸에라도 익혀야 한다."

"네, 알겠습니다. 굉장한 절기들이니 꼭 몸에 익히도록 하겠습니다."

"여러 잡기를 익힌 제자가 있지만, 소요유운 천상천검은 너만이 익히고 있다. 어려서부터 수련하지 않으면 경공을 익히기 어렵기 때문이다. 천상천검은 하늘에서 내린 신기니 반드시 후세에 전하도록 해라."

"네. 나중에 고아라도 거둬 가르쳐 이어지도록 하겠습니다."

그래도 무도는 정씨의 경우처럼 부족하지만 전수는 할 수 있었다. 어려운 절기는 익히지 못해도 기초는 가르쳐 후세를 바랄 수 있었다.

좌도는 자질이 없으면 기초조차 가르치지 못해 전승이 많이 끊기고 있었다.

그래서 노인네들이 정수 앞에서 약자인 것이다. 그저 한 번 익혀만 달라고 사정을 하는 수준이었다.

천상검도 전승을 걱정했는지 기초를 가르친 외문제자가 있는 것 같았다. 만약을 위한 보험이었다.

그래도 도인답게 사문의 사승을 자세히 가르쳐 주지는 않았다. 단맥으로 이어지는 비전의 특징이기도 했다. 비전 이외에는 그저 잡기일 뿐인 것이다.

그리고 비전을 이었으니 사문에서 전해 오는 물건을 전할 시간이 되었다. 저승을 갈 때 가져갈 수 있는 것도 아니니 물려주기는 해야 한다.

"너란 존재처럼 하늘이 인연을 준비할 거다. 그럼 천상검은 네가 잘 보관했다가 후세에 물려주도록 해라."

"튼튼한 은행에 잘 보관하겠습니다."

"가끔 검기라도 불어넣어야 예기가 살고 녹이 슬지 않는다."

"그렇게 하겠습니다."

천상검은 평생 지니고 있던 검이라 아쉬운지 입맛을 다시며 정수에게 넘겼다.

"가끔 찾아뵙겠습니다."

"천상검도 넘겼으니 그곳에 계속 있을지는 모르겠다."

"메모라도 남기겠습니다. 전화라도 장만하시면 언제라도 연락할 수 있는데……."

"그런 족쇄는 필요없다. 그럼 인연이 있으면 다시 보도록 하자."

"스승님, 도를 얻으시길 기원하겠습니다."

"그래, 스승이라고 불러 주니 고맙구나. 그럼 너도 대공을 이루도록 해라."

정수는 마지막으로 스승이라 부르며 대공을 기원했다.

처음으로 입에 올린 스승이었다. 정씨나 많은 노인의 가르침을 받았지만 잘해야 어르신 정도였다.

그러나 천상검은 정수에게 스승 같은 가르침을 주고 간 것이다.

정수는 천상검의 말대로 끊임없이 배운 절기를 반복했다. 복잡한 절기들이라 정말 잊어먹을 것을 걱정한 것이다.

그리고 배운 것이 한두 개가 아니었다. 잊기 전에 확실히 외워야 했다.

그리고 시간이 흐르자 익혔다고 말할 수는 없지만, 몸이 기억할 정도로 수련할 수는 있었다.

제자로서 할 도리는 마친 셈이었다.

이제 쓸 곳도 없는 수련을 멈춰도 될 시기였다.

마침 부모님도 오랜만에 방문해 수련을 멈추게 되었다.

6
세상 나들이

蹕踊行路感以錢之蹕踊行路感以錢之

春秋六十有二其年春秋六十有二其年

辟此下方齜乾他方辟此下方齜乾他方

墓　　　墓

永徽三年七廿一日　永徽三年七廿一日勒

路賢人同鬼神所　　路賢人同鬼神所

原夫墮西山之童　　原夫墮西山之童

오랜만에 정수의 부모가 강룡사를 찾았다.

"오랜만에 뵙습니다."

"그래, 성과가 있었다고?"

"이제 시내에도 돌아다닐 정도가 되었습니다."

"장하다, 내 아들. 흑흑, 이제 행복하게 살 수 있겠구나."

가끔 전화를 했지만 별다른 말은 하지 않았다. 전화로 성과를 말하기도 어색하고, 내공이나 술법을 이해시킬 수도 없었다.

오랜만에 절을 찾은 정수의 부모는 할머니에게 정수가 대공을 이뤄 시내 나들이도 가끔 한다는 말을 듣고 재차 묻는 것이다.

그리고 어머니는 이제 괜찮다는 말에 눈물부터 흘렸다.

어느새 늙은 부모님을 모습을 보니 정수는 가슴이 뜨거워졌다. 전에는 신경 쓰지 못했는데 여유가 생기니 흰머리나 주름이 눈에 들어왔다.

"서울로 돌아가겠느냐?"

"괜찮습니다. 곧 성인이니 혼자 살아 보도록 하겠습니다."

"이제 괜찮아졌으니 검정고시도 준비하고 대학도 다녀야지."

"이미 먹고살 길은 마련했습니다. 제 뒷바라지를 하느라 힘드셨을 테니, 이제 제가 봉양하도록 하겠습니다."

공부를 위해 서울로 가자는 말에 정수는 독립하겠다는 말을 꺼냈다.

"흑흑, 네가 무슨 돈을 번다고. 아직 늦지 않았다. 몇 년만 학원에 다니며 대학교에 가라."

"제가 배운 재주가 많습니다. 저도 마침 대전에 볼 일이 있는데 같이 가시죠."

독립하겠다는 말에 어머니가 눈물을 흘리며 말리려 하자 정수는 난감했다. 무공이나 술법을 펼쳐 능력을 증명하기도 어색하니 난감한 것이다.

물론 산에서 살던 자신이 갑자기 독립하겠다 말하니 부

모의 걱정이 당연하기는 했다. 부모님은 정수가 그냥 산 사람으로 살려는 것이라 생각하고 있었다.

그래도 방법은 있었다. 정수에게는 은행 금고를 꽉 채운 현금 다발이 있었다.

돈이 능력인 세상이었다. 하여 대전에 가면 걱정하는 부모를 충분히 설득시킬 수 있을 것 같았다.

"그래, 우리 아들과 마음껏 식사라도 해 보자."

"언제까지 산에서 살 수는 없으니 천천히 생각해 봐라. 그래도 대학은 나와야 뭐라도 할 수 있는 세상이니 공부를 해 봐라."

"염려 마십시오."

정수는 문제를 덮어 두고 부모와 산을 내려갔다.

내려가는 정수의 짐에는 천상검과 스스로 만든 비급을 담은 짐이 있었다.

국보급 검을 가지고 다닐 수도, 놔두고 다닐 수도 없어 금고에 보관하려는 것이다. 직접 만들기는 했어도 아직 음미할 것이 많은 비급도 있었다.

"그건 검이냐? 시내에 가는데 검은 왜?"

"금고에 보관하려고요. 귀한 검이라 암자에 놔둘 수가 없습니다."

"정 선생에게 받은 검이냐?"

"다른 분에게 받은 검입니다. 제게 가르침을 주신 분들이 많습니다."

"고마운 분들이구나. 그래도 검은 위험한 것이니 조심하고 쓸 생각은 말아라."

"네."

"그런데 도검 소지증은 있냐?"

"도검 소지증이요? 무슨 자격증입니까?"

"나도 자세히 모르지만, 검 같은 것을 가지려면 경찰서에 신고해서 허가를 받아야 한다고 알고 있다."

"이 검은 사문의 보물입니다. 그냥 검이 아닙니다. 오래되었으니 국보급 물건입니다."

"그래도 경찰서에서 뭐라고 할 수도 있다. 은행에 보관한다니, 거기서 소지증을 요구할 수도 있겠다."

"그런 쪽에 대해 잘 알고 계신 분이 있으니 나중에 알아보겠습니다. 은행에서 뭐라고 하면 다시 가져오겠습니다."

"나중에 문제가 되지 않도록 꼭 신고해라."

"네."

산에서 내려오니 신경 쓸 것이 많았다. 사문의 검도 소지하려면 경찰서에 신고해야 하는 것이다.

물론 문화재는 도검 소지증이 필요없었다.

그러나 문화재라면 문제가 더 복잡해진다. 문화재청에서 검의 존재를 알게 된다면 연구한답시고 귀찮게 할 것이다.

정수와 부모님은 산을 내려와 대전으로 향하며 많은 대화를 나누었다.

전에는 건강하냐는 안부 외에는 다른 말이 필요하지 않았다. 정수에게는 장래나 미래가 없었기 때문이다.

그러나 이제 몸이 나아 미래가 생기니 말을 나눌 것이 많았다.

"그런데 군대는 어떻게 할 예정이냐? 서둘러 다녀오는 것이 좋지 않겠나?"

"제가 중등 검정고시만 거쳤는데 영장이 나옵니까?"

"젊은이가 줄어들고 있으니 요즘은 어떤지 모르겠다. 그리고 공부는 해야지. 고등 검정고시가 되면 영장이 나오지 않겠냐?"

"공부는 필요 없는데……. 그리고 몸이 완전히 나은 것이 아니라 제가 조절할 수가 있습니다. 영장 나와서 신검을 받으면 병을 일으키면 됩니다."

영장이라는 말에 정수는 걱정없다는 대답을 했다.

언제든지 초과민성 공황장애를 일으킬 수 있기 때문이다.

옆에서 '남자면 군대 가야지' 하는 생각을 주입할 사람도 없어 애당초 정수는 군대에 갈 생각이 없었다.

그리고 산에서만 살아온 정수가 군대를 가는 것도 어색한 일이었다.

물론 군대를 원해서 가는 사람은 없고, 한국 남자라면 참고 견뎌야 하는 의무지만, 정수는 명색이 도인이었다.

산에 사는 도사에게 군대에 가라고 하는 것도 어울리지 않았다.

"오, 그러냐? 그럼 군대는 걱정없겠구나."

"다 나은 것이 아니야?"

"기로 몸을 감싸서 반응이 없는 겁니다. 예민한 것은 그대로라 운기를 멈추면 바로 발진이 일어날 겁니다."

"그럼 계속 수련해야 하는 거구나. 그래서 서울에 안 가는 거냐?"

"아닙니다. 이제 기가 모자라지는 않습니다. 제가 먹고 살 길이 있어서 그런 겁니다. 저쪽 은행입니다."

"그래? 대여금고는 언제 얻은 거냐?"

"보관할 물건이 많아져서 얼마 전에 얻었습니다. 제가 얻은 골동품이 많습니다."

"그래? 가르쳐도 주고 골동품도 주었다니, 이상하구나. 세상에 공짜는 없는 법이야."

"요즘 수련하는 사람이 거의 없습니다. 비전이 끊기는 것이 그분들 입장에서는 큰 죄입니다. 그래서 여러 노인 분들이 제게 서로 가르치려고 난리입니다. 그리고 제가 받은 골동품들은 사문에서 내려오는 것들입니다. 당연히 제가 보관해야 하는 것들입니다."

"그렇구나. 그런데 수수료가 제법 있을 텐데……."

"제가 배운 것 중에 돈 되는 것들이 많습니다."

"보이지 않는 것이라 사기로 걸릴 수도 있다. 그런 재주로 돈을 받는 것은 조심해라."

"걱정 마십시오. 이제 그런 것을 할 수 있는 사람도 줄어들어 고객들이 서로 사겠다고 난리랍니다."

"그러니까 더 조심해야지. 누가 경찰에 사기로 신고하면 증명하기도 어렵고 곤란할 수도 있다."

"네, 주의하겠습니다."

아버지는 정수가 이상한 재주로 돈을 번다는 소리에 상식에 입각해 조심하라고 충고했다.

정수의 생각으로도 사기로 신고당하면 곤란하기는 할 것 같았다.

'다시 생각해 봐야 하나? 세상에 내려오니 걸리는 것이 많네. 사이비 소리 안 듣게 조심해야겠네.'

정수의 아버지는 인생 경험도 많고, 회사에서 보고 겪은 일도 많아 여러 충고를 해 주고 있었다.

정수는 아버지가 법 타령을 하며 여러 주의 사항을 알려 주자 세상살이가 쉽지 않다는 생각이 들었다. 많이 들어왔던 코에 걸면 코걸이, 귀에 걸면 귀걸이인 상황이었다.

사실 도화살부가 100퍼센트 효과가 있는 것은 아니었다.

바람을 피던 남편이 정신을 차려도 가정을 깰 수 있었다. 잘되면 용하다는 소리를 듣지만, 잘못되면 사이비로 사기로 걸릴 수도 있었다.

정수는 아버지의 충고에 따라 세상에 나가면 조심할 것도 많다는 것을 알게 되었다.

"잠시 로비에 기다려 주십시오. 물건을 보관하고 돈 좀 찾아오겠습니다."

"돈은 무슨. 너도 이제 다 컸으니 용돈이 있어야지."

"용돈 수준이 아닌데, 하여간 서둘러 다녀오겠습니다."

정수는 대형 대여금고 하나를 더 신청하고 물건을 넣었다. 다행히 은행에서 보자기에 싼 검을 확인하려 하지는 않았다.

그리고 돈을 넣어 둔 금고에서 부모님께 드릴 일억과 자신이 사용할 일억을 가방에 담아 나왔다.

'변용술 책은 가져가서 익혀야겠구나. 세상살이가 만만치 않은 것 같은데, 조심해야지.'

정수는 아버지와 잠깐 애기해 보니 세상살이가 쉽지 않다는 것을 알았다. 검부터 시작해 모든 것이 법에 걸리는 것 같았다.

돈도 넉넉하고 힘도 넘치니 세상을 만만하게 봤는데, 조심해야 할 것이 많았다.

그래서 좌도의 한 갈래인 변용술 책을 금고에서 꺼냈다. 얼굴을 바꾸는 수준은 아니고, 변장 정도였다. 전해 준 노인도 이걸 익힌 것은 아니고, 우연히 얻어 보관만 하던 비술이었다.

정수도 변용술이라 해서 호기심에 읽었지만, 변장 수준이라 덮은 책이었다. 옛날에야 비술이었지, 요즘에는 더 뛰어난 변장술이 많았다.

그러나 필요성이 생기자 변용술이라도 익혀보기로 했다.

"볼일이 끝났습니다. 제가 잘 모르는데, 아는 식당이 있으십니까?"

"그냥 크고 잘 꾸민 곳으로 가면 된다. 저기가 좋겠구나."

지리를 모르니 정수와 부모님은 길가에 있는 큰 식당으로 들어갔다.

정수야 세상 음식을 먹어 본 적이 오래전이었다.

음식은 정수의 식성을 고려해 부모님이 골랐다.

음식이 차례대로 나오고 어느 정도 식사를 마치자 정수가 가방을 내밀었다.

"일억입니다."

"뭐? 일억!"

"어머, 무슨 돈이니? 일억을 네가 어떻게 벌어?"

일억이라는 말에 부모님이 놀라 물었다. 대학을 나와서 직장 생활을 오래 해야 모을 수 있는 금액이었다.

갑작스런 큰돈에 부모님은 걱정부터 했다.

"부적과 약을 팔아 돈을 벌었습니다. 아까 말씀드린 대로 없어서 못 팔고 부르는 것이 값인 수준입니다. 앞으로 매년 일억씩 보내드리겠습니다. 돈이야 얼마든지 벌 수 있으니 혹시 집에 돈이 필요하시면 전화주세요."

"부적 같은 것은 효과가 있으면 다행이지만, 없으면 사기로 걸려. 이렇게 큰돈이면 문제가 생길 수도 있다. 그리고 한약은 한의사만 지을 수 있어. 자격도 없는데 약을 지으면 법에 걸려."

"설마 효과가 없는데 몇 억씩 주겠습니까? 고객도 다 상류층 사람입니다. 고객도 저를 가르친 어르신분들이 소개해 준 겁니다. 법 같은 것을 따질 사람은 없으니 안심하십시오. 아까 말씀드린 대로 없어서 못 팔고 부르는 것이 값인 능력입니다."

"그런 값을 치르는 이유야 있겠지. 어르신들이 소개해 준 것이라니, 조금은 안심이 되는구나. 그래도 고객이 상류층이라니 문제가 생기면 더 큰일이 될 수 있으니 조심해라. 우리가 돈이 필요하지는 않으니 이건 네가 밑천으로 쓰고 그런 일은 그만해라."

"그 돈은 가져가세요. 여기 저도 쓰려고 일억을 꺼냈고, 아직 금고에 돈이 많습니다."

"그러냐? 네가 너무 큰돈을 벌어서 오히려 걱정스럽구나. 그리고 재주가 있다고 해서 너무 팔고 다니지 마라."

"일 년에 한두 개만 팔 생각입니다. 그래서 매년 일억만 보내드린다고 한 겁니다. 무리할 생각은 없으니 염려 마세요."

"그렇게 해라. 그런데 네가 세상 물정을 모르면서 큰돈이 있으니 변호사와 세무사를 찾아서 상담해 봐라. 집을 사거나 거래를 할 때면 꼭 변호사를 불러서 해라. 돈이 없는 것이 아니니, 단골 변호사를 만들어 도움을 받는 것이 좋다."

아버지는 갑작스런 큰돈 때문인지 정수에게 변호사와 회계사 같은 전문가를 추천했다.

평범한 사람들은 그런 전문가를 만날 일이 없었다.

인생의 큰일 중 하나인 집을 구할 때도 필요하지 않은 전문가들이었다.

그러나 돈이 많고 문제가 생기면 필요한 전문가들이었다.

정수의 아버지는 회사에서 일하며 그런 전문가들이 왜 필요한지를 잘 알고 있었다.

그래서 사회 경험이 없는 정수에게 전문가들의 필요성을 말했다. 돈이 많다면 전문가들을 쓰는 데 돈을 아끼지 않는 것이 좋았다. 호미로 막을 것을 가래로 막게 되기 때문이다.

정수는 아버지의 걱정에 고객이 상류층이라는 말을 했다. 상대도 문제를 일으킬 형편이 아니라는 말이었다.

"고객이 상류층입니다. 크게 문제를 일으킬 고객들은 아닙니다."

"음, 소문이 나면 큰일이기는 하지."

상류층이 부적에 수억을 썼다는 소문이 나면 흥미로운 가십이 될 것이다.

"그런데 큰돈을 벌었으니 세금 문제가 있다. 소득 신고는 했나?"

"그런 문제 때문에 현금으로 받았습니다. 저도 세금은 생각하고 있지만, 신고하면 문제가 더 생길 것 같아 금고에 넣어 두었습니다."

아버지는 세금까지 거론했다. 관리부에 있다 보니 세금 같은 것을 떠올려 걱정하는 것이다.

그러나 부적은 고객이 당당히 계좌이체할 상품은 아니었다. 정수는 현금을 많이 가지고 있는 이유를 스캔들 문제로 설명했다.

신고하는 것이 더 큰 문제를 일으킬 것 같기는 했다.

그래도 출처를 밝히기 어려운 현금이라 문제가 있었다. 돈이 많아도 공개적으로 쓸 수 없는 것이다.

그래도 돈은 돈이었다. 정수가 돈을 많이 벌자 어머니는 걱정보다 기쁨이 앞섰다.

"우리 아들이 억대 연봉이라니, 정말 장하구나."

"그동안 고생하셨으니 이제 제가 잘 모시겠습니다. 아버지도 힘든 직장은 그만두고 어머니와 세계 여행이라도 다니십시오."

"나도 아직 젊고 둘째도 이제 중학생인데 벌써 놀러 다닐 수는 없지."

"앞으로 돈 걱정 하지 마시고 직장도 편하게 다니십시오. 명수는 잘 있죠?"

정수가 산으로 들어가자 얻은 둘째가 명수였다. 몇 번 데려와 얼굴만 아는 동생이었다.

"명수는 올해 중학교에 들어갔다. 이제 본격적으로 공부할 때라 정신없다."

"학원 같은 곳에만 너무 보내지 말고 운동도 시키세요."

"그러마."

그래도 부모님이 와서 정수가 세상 무서운지 알게 되었다. 자신감에 차 세상을 기웃거렸다가는 사기나 폭력 등 여러 사건에 휘말렸을 것이다.

그리고 집을 구할 생각이었던 정수는 먼저 변호사부터 구하기로 우선순위를 조정했다. 돈세탁이라도 해야 하기 때문이다.

"그리고 좋은 약이 있으니 한 반년 후에 다시 와 주십시오. 만드는 데 시간이 걸려서 그렇지, 정말 효과는 좋습니다."

"몇 억 받는다는 약이냐? 그런 걸 우리가 먹어도 되겠냐?"

"제가 돈이 부족하지는 않잖아요. 남들보다는 부모님이 드셔야죠."

"흠흠, 알겠다. 그럼 반년 후에는 꼭 들르겠다."

"아들이 재주가 많구나. 꼭 먹으러 들를게."

정수는 부모님께 영약을 주기 위해 반년 후라는 양념을 얹었다.

엄청난 돈을 받아서인지 부모님은 아주 활짝 웃으며 돌아갔다.

물론 가장 큰 이유는 정수가 몸이 나아서 웃음을 머금는 것이었다.

그래도 돈의 영향이 반절은 넘었다.

부모님의 자랑스러운 웃음에 정수도 흐뭇했다.

'이거, 송 노인에게 잘해야겠네. 그럼 우도는 천상검을 스승으로, 좌도는 송 노인을 스승으로 모실까? 좀 이상하

지만 돈값은 해야겠지.'

돈의 위력에 정수는 송 노인에게 스승 대접을 할지 고민을 하게 됐다.

산으로 돌아온 정수는 생각난 김에 호리병을 꺼냈다.

할머니께 우윳빛 액체 3방울을 준 지 4개월이 흘렀다.

이제 약을 다시 만들었다고 말하며 줄 시간이었다.

"할머니, 이거 드세요."

"나 이제 아픈 곳 없다. 그건 부모님께 드렸어야지."

"부모님은 반년 후에 드리기로 했어요. 얼른 드세요. 빨리 먹어야 효과가 좋아요."

"난 다 나았데도. 그건 노스님 드려라. 노스님도 기력이 예전 같지가 않아 보인다."

"노스님은 수련하시잖아요. 그분은 일 년 후에 드릴게요."

"노스님 드리라니까."

"약효 다 빠져요. 얼른 드세요."

"난 괜찮은데······."

약을 노스님께 양보하던 할머니는 정수가 약효 빠진다고 난리를 치자 어쩔 수 없이 들이켰다.

그리고 한 번 경험이 있어 가부좌를 틀고 약효를 받아들이려 노력했다.

두둑두둑.

할머니는 나이가 들어 뼈마디가 안 좋은지 전신이 들썩거렸다.

꿀렁꿀렁!

그리고 다음으로 장기를 고치는지 뱃속의 장기들이 움직이는 소리가 나며 복부가 출렁거렸다.

부들부들.

울긋불긋.

아직 약효가 남았는지 근육이 출렁이다가 피부의 색깔도 변해 갔다.

그리고 차츰 변화가 줄어들었다.

아직 손봐야 할 것이 많지만 약효가 없어진 것이다.

그래도 전체적으로 다 약효가 퍼진 것 같아 정수는 안심을 했다. 전체를 개선했다는 말은 전처럼 몸에 특별히 아픈 곳이 없다는 의미였다.

눈에 띄는 변화는 없지만 검버섯과 거친 피부는 깨끗이 바뀌었다. 뼈, 장기, 근육도 깨끗해진 피부처럼 생기를 되찾았을 것이다.

"후우우, 내가 손자 때문에 말년에 복을 받는구나."

"한 일 년 후에 한 병 더 드릴게요. 한 병 더 마시면 시집가실 수도 있을 거예요."

"난 됐다니까. 부모님과 노스님부터 드려라. 나이에 맞게 늙어가는 것도 가르침이다. 몸이 늙어야 삶에 대해 깨닫는 것이 있다."

"하여간 줄 사람에게 다 주면 할머니도 꼭 다시 드셔야해요."

"부모님과 노스님께만 드리고 연단은 그만해라. 수련이중요하니 약을 만드는 데 너무 정력을 쏟지 마라."

"약 만드는 데 시간이 걸려서 그렇지, 별로 하는 일은없어요."

정수는 최대한 좋은 말로 할머니가 한 병 더 드시도록회유에 나섰다.

할머니를 설득하고 암자로 돌아오자 손님이 있었다.

귀신을 다루는 귀령술을 가르쳐 준 음침한 노인이었다.

음침한 노인은 귀신을 다루기에 무속인들도 두려워하는음부선사였다.

그리고 정수가 만난 좌도의 술사 중에 최고 실력자였다. 법력도 높고, 귀신을 다뤄 무섭기도 하고, 전해 준 술법도 많고, 법기도 세 개나 줘서 정수가 약간 어려워하는노인이었다.

무슨 일인지 손님이 없다가 부모님에 이어 귀신노인까지 하루에 나타나는 이런 날도 있었다.

"많이 기다리셨습니까? 연락이라도 하고 오시지."

"전해 준 술법은 많이 익혔느냐?"

"최근에 배운 무공이 많아 좌도는 등한시하고 있었습니다. 이제 절기가 몸에 익고 있으니 술법 수련도 천천히 하겠습니다."

"기연도 얻고 천상검의 가르침도 받았다지?"

음부선사는 정수에 대한 정보를 잘 알고 있었다. 사문의 비전을 몰아 준 제자이니 관찰하고 있던 것이다.

그래도 정수가 귀령술에 관심이 없다는 것은 알고 있는데 새삼 나타날 이유는 있었다. 기초적인 수준이지만 비전은 이었으니 깊이 수련하라고 강요할 수는 없는 문제였다.

그런데 음부선사는 몇 개월 전부터 정수를 만나려 기회를 노렸다.

그동안에는 정수 곁에 천상검도 있고 수련도 방해할 수 없어 나타나지 않았던 것이다.

그러다 부모님이 오며 수련이 끊기자 바로 나타난 것이다.

"그냥 운이 좋았습니다. 자질이 부족해 절기를 익히는데 고생을 했습니다."

"그런데 부적은 열심히 연습했다는 소문을 들었다. 내 귀령술이 하찮은 부적보다 가치가 없다고 생각하는 것은 아니겠지?"

"아닙니다. 그냥 하찮은 도화살부를 만들어 본 겁니다. 그게 만들기도 쉽고 돈이 되지 않습니까? 저도 이제 성인이라 먹고살 궁리를 했던 겁니다."

"송가의 도화살부가 하찮기는 하지. 그런데 수호부를 만들었다는 소문도 있던데."

찌릿!

드디어 본론이 나왔다.

음부선사는 수호부에 대한 정보를 들은 것이다.

아무래도 송 노인이 제자 자랑을 한 것 같았다. 워낙 바닥이 좁은 곳이라 일단 입에 담으면 순식간에 퍼지고 있었다.

음부선사는 음침한 기운을 풍기며 눈빛을 빛내며 정수를 압박했다.

"내공이 높아져 연습 삼아 만들어 본 겁니다. 아직 부끄러운 수준입니다. 아차, 어르신께도 드리고 싶었는데 연락처를 몰라서…… 헤헤, 조금만 기다려 주십시오."

찌리릿!

음부선사는 정말로 귀신을 부리는 좌도의 술법사였다. 수호부 같은 것이 더욱 필요한 사람이었다.

물론 음부선사의 실력이 만만치 않고 직접 만들 수준도 되지만, 많을수록 좋고 정수의 성취도 확인하려 행차한 것이다.

'괜히 수호부를 만들었네. 역시 한 사람만 주기도 그렇지. 이래서 군대에서 튀면 안 된다는 말이 있었나? 다른 노인들도 오지 않을까 걱정이네.'

정수는 속으로 투덜거리며 부적을 만들 준비를 갖췄다. 무시할 수도 있지만, 그렇게 했다가는 후환이 무궁해 보였다.

찌리릿!

쉬이잉~

더구나 음부선사는 무형의 압박마저 하고 있었다.

정말 귀신이라도 부리는지 찬바람이 불고 피부가 따가웠다. 영안으로 보면 귀신이라도 보일 것 같은 분위기였다.

"어르신께서는 법력이 높으니 수호부보다는 정심주가 좋을 것 같은데, 어떻습니까?"

피시식.

정심주라는 말에 찬바람이 사라졌다. 사실 귀신을 부리니 수호부보다는 마음을 다스리는 정심주가 더 좋기는 했다.

더구나 정심주가 만들기 더 어려운 부적이었다. 수호부는 내공을, 정심주는 도력을 더 넣어야 했다. 내공은 회복되지만 도력은 쉽게 회복되지 않는 것이다.

정수는 자세를 바로하고, 마음을 가라앉히고, 정신을

세워 붓을 들었다.

스으윽, 스으윽~

절기를 수련한 영향인지 붓끝이 더욱 살아 움직였다.

얼마 전보다 더 쉽게 괴황지에 도력과 내공을 심을 수 있었다.

내공과 도력이 부족하면 며칠 동안 폐관하고 목욕재계해서 부적을 그릴 준비를 해야 했다.

그러나 정수는 고수가 되어 언제든지 그 정도 내공과 정신을 집중시킬 수 있었다. 정수는 일필휘지로 영험한 정심주를 만들어 귀신노인에게 건넸다.

"아직도 부족한 점이 많지만 정성이니 받아 주십시오."

"음, 천상검이 대단하기는 하군."

음부선사는 정수가 정심주를 만든 것보다 부작용이 적은 것에 더욱 놀랐다. 정수의 자질이야 알고 있었지만 내공과 도력은 다른 문제였다.

내공과 도력을 써도 이상이 없다는 것은 중단전을 열었다는 증거였다. 하단전에서 시작해 중단전을 여는 것이 정통이고, 그래야 도술을 써도 무리가 없었다.

음부선사는 정수의 현 수준을 미루어 짐작할 수 있었다.

그래서 진짜 도인인 천상검의 공으로 생각했다. 천상검이 정수의 내공과 깨달음을 높인 것으로 생각한 것이다.

물론 수련보다는 넘치는 내공과 최상의 몸 때문에 부담이 적은 것이다.

그런데 음부선사는 정심주만으로 만족하지 않았다.

"이따위 정심주보다는 옥을 깎아 만드는 수호령부가 백배 더 낫다. 귀령술을 꺼리는 것은 알지만, 방어 술법은 익히도록 해라. 내년쯤 올 테니 수호령부를 만들어 놓도록 해라."

"제가 익혀야 할 것이 많은데, 귀령술은 위력이 강한만큼 익히기 어렵지 않습니까? 도력이 높아지면 나중에 익히도록 하겠습니다."

"아니, 지금으로 충분하다. 그런데 술법의 재료나 법기를 찾는다고 들었다. 이것들은 흉한 물건이라 내가 보관하던 것들이다. 네 수준이면 해를 입지는 않을 것 같으니 보관하도록 해라."

귀신노인은 매서운 채찍을 휘둘렀지만, 당근도 내밀었다. 정심부의 대가이기도 했다.

정수는 거절하지 않고 귀신노인이 건넨 작은 상자 3개를 받았다. 노인들이 건넨 것들이 많아 부담없이 받았다.

상자를 열자 안에는 붉은빛의 단도, 옥빛의 비녀와 머리빗, 옛날 관리의 신분증명인 고명이 있었다.

휘이잉—

싸아악!

그런데 상자를 열자 싸한 기운이 일어났다.

상자에 봉인이 되어 있던 것 같았다.

그런데 상자가 열리자 자신들이 귀신 붙은 물건이라고 자랑하듯이 싸한 기운을 뿌리고 있었다.

과연 음부선사가 가지고 있을 법한 귀물이었다.

그리고 귀신을 다루는 술사에게나 필요한 물건이었다.

"그냥 배웠던 것들을 연습하려고 재료를 모았던 겁니다. 이런 귀한 것들은 필요가 없습니다. 보물인 것 같은데, 넣어 두십시오."

선물이 법기가 아니라 귀물이자 정수는 거부의 뜻을 밝혔다. 이런 귀물은 정수도 가까이 두기에 꺼림칙했다.

"귀령술을 수련하려면 귀물도 필요하니 받아 둬라. 그럼 수련 열심히 하고 내년에 보도록 하자."

휘이잉.

음부선사는 자신이 할 말만 하고 몸을 돌렸다.

그리고 꼭 귀신처럼 발을 움직이지 않고 부유하듯이 사라졌다.

'저 노인네가 귀신을 보내 염탐이라도 하나? 결계라도 만들어야 하나?'

정수의 추측대로 첩자가 있기는 했다.

물론 귀신은 아니었다. 귀신을 부려 염탐하는 것도 가능하지만 치러야 할 대가가 컸다.

그리고 명색이 암자라 귀신이 접근하기도 어려웠다.

그리고 돈이면 귀신도 부린다지만, 사람은 더 쉽게 부릴 수 있었다.

첩자는 바로 강룡사를 자주 찾는 무속인이었다.

약간의 돈과 협박만으로 사람을 부릴 수 있는데 위험하게 귀신을 부릴 필요는 없었다.

치성을 드린다고 강룡사에 자주 올라와 시주도 하고, 할머니와도 말상대를 하는 유능한 첩자였다. 입으로 먹고 사는 직업이라 할머니에게 쉽게 접근해 많은 정보를 빼내고 있었다.

그리고 많은 정보원도 있었다.

음부선사는 이런 계통에서는 권력자였다. 신통력을 위해 수련하는 많은 자들이 음부선사의 부림을 받고 있었다.

보통 신통력은 접신을 한 귀신의 능력이었다.

그런데 음부선사는 제령술의 일인자였다. 무속인에게 음부선사는 저승사자나 마찬가지였다.

그래서 정수가 보물이 많아도 도둑을 맞지 않은 것이다. 스승인 정씨의 무력과 사찰의 보호를 받고 있지만, 사람들의 욕심을 막은 것은 음부선사였다.

이런 사실을 모르는 정수는 음부선사의 방문이 떨떠름했다.

'이런 게 귀물이구나. 하여간 통심주나 귀안술을 깊이

익히지 않아서 다행이다. 귀신이 보이면 정말 찝찝했겠
지.'

정수는 귀물들을 다시 상자에 담아 궤짝에 넣었다.

그리고 귀령술의 경지가 얕음을 다행으로 여기며 절대
수련하지 않겠다고 다짐했다. 귀신과 대화를 하거나 보는
것이 좋을 이유가 없었다.

"그런데 다른 노인네들도 오는 것은 아니겠지? 부적 만
드는 것이 어렵지는 않지만 자꾸 찾아오면 귀찮은데. 어
서 집이라도 구할까?"

방문자가 많았던 하루가 저물어 갔다.

하루를 마무리하며 정수는 은정이에게 문자를 보냈다.

서울로 가서 보려고 했는데 천상검의 등장에 움직일 수
가 없었다. 정수는 은정이에게 사정을 이해할 수 있게 설
명하느라 한동안 고생을 했다.

그래도 몸 때문에 수련한다는 것을 이해시킬 수는 있었
다.

정수는 오늘 부모님이 온 것을 문자로 보냈다.

그리고 부모님께 일억을 드린 것도 자랑스럽게 적어서
보냈다.

물론 미친 짓이었다.

은정이 정수가 부모님께 일억을 드렸다는 말을 믿을 리

가 없었다.

정수는 가정교육을 무협으로 받다 보니 가끔 상식을 초월하는 면이 있었다.

그리고 송 노인에게 억, 억 하는 말만 들어서인지 금전 감각도 상식을 초월했다.

첫 부적을 5만 원에 팔며 세상살이가 쉽지 않다는 것을 알았지만, 금전 감각은 아직 아이 수준이었다.

세상을 살며 버스비, 음식값, 방세 등을 치르고, 직접 벌어 봐야 돈의 가치를 실감할 수 있을 것이다.

그래도 예전 교훈이 있어 음부선사의 얘기는 하지 않았다. 귀신을 언급했다가는 바로 연락이 끊겼을 것이다.

띠리링~

역시 전화가 바로 왔다.

일억이라는 문자를 보고 쉽게 넘어갈 수는 없었으리라.

"어, 은정아."

나이 차이가 있지만 정수는 이제 말을 놓고 있었다. 좋아하는 여자에게 누나라고 할 수는 없기 때문이다.

이런 것이 남자의 마음이었다. 은정도 정수의 마음을 짐작하고 동정의 여지도 많아 호칭 문제는 넘어갔다.

―부모님이 오셨다고?

"응, 내가 요즘 몸이 괜찮아졌다는 소리에 들르셨어."

―그런데 부모님이 네게 용돈을 많이 주셨어? 그래도

일억이라니, 정말 네 유머감각도 특이해.

은정은 부모가 정수에게 돈을 주었다고 말로 받아들이고 있었다. 상식적으로 절에 사는 정수가 부모님께 돈을 드릴 리가 없었다.

일억도 농담으로 받아들였지만, 그래도 굳이 확인하고 있었다. 사실일 리는 없지만 정수가 그런 농담을 할 것 같지는 않아 돌려 말하며 확인하는 것이다.

"아니야, 내가 부모님께 일억 드렸어. 내가 좀 능력이 돼."

정수는 자랑스럽게 자신의 능력을 자랑했다.

요즘 세상이 돈이 최고이고, 남자는 능력이라는 사실을 인터넷으로 잘 교육받은 영향이었다.

세상을 인터넷으로 배운 정수였다.

물론 은정이 쉽게 믿지는 않았다.

—호호, 정말 부모님께 용돈 드렸나 보네. 약초라도 캔 거야? 그래도 돈으로 하는 농담은 좀 그렇다.

"정말 일억 드렸어. 혹시 은정이도 돈 필요해? 요즘 여자들이 명품을 좋아한다던데, 너도 일억 줄게. 이제 시간이 생겼으니 곧 서울에 올라갈게."

—호호, 재미있기는 하다. 곧 서울에 올라온다고?

"응, 이제 어느 정도 수련을 마쳤어. 여기 좀 정리하고 서울로 잠깐 올라갈게."

―그래? 이제 서울 온다니 꼭 얼굴을 봐야겠네. 이제 발진 같은 것 안 생기지?

"응, 이제 완전히 괜찮아졌어. 서울 가서 은정이 얼굴도 보고, 명품도 많이 사줄게."

―그래라. 그럼 기다릴게.

"응."

은정은 정수의 말을 허풍과 농담으로 받아들였다.

물론 정수는 진심이었다.

웬일인지 정수가 거울을 보며 얼굴을 만지고 있었다.

연신 손가락으로 볼과 입술 부근을 누르며 인상을 찡그리고 있는데, 여드름을 짜거나 경혈 마사지를 하는 것은 아니었다.

그런데 정수의 피부가 손가락을 따라 늘어나더니 줄어들지를 않았다.

변용술을 익히고 있는 것이다.

아버지와의 대화를 통해 사소한 것도 법에 걸린다는 것을 듣고 변용술을 익힐 필요를 느꼈다.

비급은 많은 변용술을 소개하고 있었다.

그중에는 사람 가죽을 다듬어 면구를 만드는 방법도 있었다. 정수가 책을 제대로 읽지 않고 덮은 이유였다.

그러나 혈을 짚어 피부를 약간 움직이는 방법도 있었

다. 이 방법을 기억하고 변용술 책을 챙긴 것이다.

예전에는 불가능했지만, 이제는 가능한 변용술이었다. 혈을 짚을 수준이 되는 것이다.

얼굴을 지나는 경맥들이 많지만 비교적 조절이 쉽고 안전한 수양명대장경과 족양명위경이 대상이었다.

수양명대장경은 코와 입술 사이의 인중을 지나고, 족양명위경은 광대뼈와 볼을 지나 눈에 닿는 경맥이었다. 두 경맥은 양명경이라는 공통점이 있고, 양명기만 다룰 수 있으면 혈을 짚지 않아도 변형이 가능했다.

정수는 아직 능숙하지 못해 책의 설명대로 혈을 짚고, 움직인 피부를 고정해 거울로 확인했다.

문제는 피부를 움직여 그럴듯한 얼굴이 나오지 않는다는 점이었다. 마치 처음으로 화장 배워 얼룩덜룩하게 되는 것 같았다.

피부를 움직여 어색하지 않은 새로운 얼굴이 나와야 하는데, 쉽지 않았다. 눈과 볼의 피부를 조금만 움직여도 괴물 같은 얼굴이 되었다.

정수는 연신 얼굴을 피부를 움직이며 거울에 그럴듯한 얼굴이 나올 때까지 노력했다.

그러다 지치는지 정수는 쉬운 선택을 했다.

건들건들.

눈이 날카롭게 째지고 입술이 얇아서 음침해 보이는 사내가 지나가자 사람들이 주춤거렸다.

성형수술이 필요할 정도로 범죄형의 얼굴이었다.

사내의 범상치 않은 얼굴에 평범한 사람들은 알아서 피하고 있었다.

다름 아닌, 얼굴을 바꾼 정수였다.

변용술로 평범한 얼굴을 만드는 것이 쉽지 않아 그냥 눈과 입술을 잡아 늘여 날카롭게 만들었다. 피부를 살짝 잡아당겼을 뿐인데, 순박한 얼굴에서 완벽한 범죄자의 얼굴로 변신할 수 있었다.

덕분에 정수는 외모가 얼마나 중요한지 느낄 수 있었다.

길을 가는 사람들이 정수를 다들 피하고 힐끔거렸다.

이 얼굴로는 심성이 아무리 착해도 범죄의 세계로 빠질 것 같았다.

오늘은 변호사를 방문해 부적값으로 받은 돈의 세금 문제와 금덩이의 처분 문제를 상담하려 했다.

변호사의 비밀 유지 의무를 몰라서 얼굴을 바꾸고 나온 길이었다.

그런데 이 얼굴로 변호사를 찾았다가는 문전박대당할 수도 있을 것 같아 망설이게 되었다.

원래 범죄자도 변호하는 것이 변호사니 문제될 것이 없

겠지만, 경험이 없으니 사무실 앞에서 서성거리게 되었다.

'에이, 그냥 송 노인에게 전화해서 소개를 받자. 노인네 돈 때문에 생긴 문제니 좋은 데 소개시켜 주겠지.'

나이도 적고 경험도 없어 사람 대하는 것이 어색한 정수였다. 사회에서 한발 내딛기가 쉽지 않았다.

주춤거리던 정수는 결국 송 노인에게 전화해 변호사를 소개받기로 했다. 송 노인이 아니라면 부적을 제값 받을 수도 없었을 테고, 은행의 대여금고 같은 것을 얻을 생각도 못했을 것이다.

소개받는다는 생각은 좋은 선택이었다.

물론 서울로 올라갈 핑계를 만드는 것일 수도 있었다. 아직 은정과의 전화도 떨리는 정수였다. 보고 싶기는 하지만 서울로 가는 것이 쉽지가 않았다.

정수는 변호사 상담이라는 핑계를 만들어 서울로 올라가기로 했다.

변호사 상담을 나중으로 미루자 할 일이 없었다.

정수는 다시 평범한 사람들을 위협하며 시내 구경을 나섰다.

그러다 금은방을 보게 되었다.

마침 변호사에게 처분 문제를 상담하기 위해 금덩이 하나를 들고 나온 참이었다.

'얼굴도 바꿨으니 한번 처분해 볼까? 금이야 무자료 거래가 많다고 하잖아. 시가의 7할 정도면 팔아야지.'

정수는 한 번 금덩이를 팔아 보기로 했다. 신분증을 요구하면 그냥 팔지 않으면 된다는 생각이었다.

띠링.

금은방의 문을 열자 종소리가 울려 퍼졌다.

"어서 오십…… 어어!"

정수가 들어오는 소리에 사장이 일어서며 인사를 하다가 말이 꼬였다.

손님의 얼굴이 너무 범죄형인 것이다.

사장의 머릿속에 순간적으로 강도라는 말이 떠올랐다.

"으음. 손님, 찾으시는 것이 있으십니까?"

사장은 간신히 응대를 하며 슬슬 비상벨이 있는 곳으로 움직였다.

"금도 매입합니까?"

"금이요?"

"네."

"어흠. 네, 매입합니다. 일단 무게를 재고, 합금 비율을 고려해 공시된 시세대로 매입을 합니다. 수수료는 5%입니다."

금 매입이라는 말에 사장은 안도하며 자세히 설명했다. 무게도 중요하지만 14K나 18K 같은 합금 비율도 반영

해야 했다. 금은 너무 약해 은과 구리를 합금해 장신구를 만든다. 장신구들은 순금이 아닌 것이다.

사장은 상대의 인상이 험악해 자세히 설명해 오해가 없도록 했다. 손님 중에 합금 비율을 몰라 가끔 시비가 생기기도 하기 때문이다.

터엉!

사장의 설명에 정수는 손바닥만 한 금덩이를 테이블 위에 올렸다.

제단에 상감으로 진법을 이루던 금 조각을 뭉친 덩어리였다.

"어어!"

너무 큰 크기에 사장이 놀란 음성을 내었다.

그리고 사장은 슬쩍 눈치를 살피며 머리를 굴렸다.

크기도 그렇지만, 왠지 범죄의 냄새가 나는 것이다.

얼굴도 범죄형인데 금의 모양도 범상치 않았다.

유통되는 사각형 골드바가 아니라 작은 조각을 뭉친 금덩이였다.

그래도 금이었다. 출처가 어떻든지 녹이면 흔적이 없어지는 물건이었다.

그래서 밀수가 많은 것이다.

사장은 몇 백 만원은 손쉽게 벌 수 있을 것 같아 거래하기로 결심을 했다.

"보통 금의 순도는 확인하지 않는데, 이건 시험이 필요할 것 같으니 양해를 바랍니다. 에헴."

"그러세요. 가문에서 내려오는 금덩이인데 저도 평소 궁금했습니다."

"아, 옛날 금이군요. 확실히 표면이 거친 것이, 옛날 물건인 것 같습니다. 공극으로 봤을 때 일제 때 물건 같습니다. 그때 왜놈들이 우리나라 금광에서 금을 많이 훔쳐 갔습니다. 한 해에 십 톤 넘게 훔쳐갈 때도 있었으니, 그 금으로 침략 전쟁을 벌인 거죠."

가문에서 내려오는 금이라는 말에 사장도 맞장구를 쳤다.

확실히 요즘 보기 힘든 색깔이었다. 출처는 의심스럽지만 장물이나 밀수품은 아닌 것 같아 마음은 한결 편해졌다.

사장은 드릴로 금덩이를 뚫고, 드릴밥을 갈아 시약을 넣고, 빛을 비춰 색을 확인했다.

겉에 금을 씌워 속이는 경우가 많아 드릴을 사용해 확인하는 것이다. 사장은 정수의 얼굴을 보고는 더욱 철저히 확인하고 있었다.

사장은 분광으로 금의 여부를 확인하고, 책을 꺼내 순도를 나타내는 표를 확인했다.

"여기 표를 보면 순도는 95% 정도입니다. 확실히 옛날 금입니다. 옛날식으로 제련하면 95% 정도가 최고 순도입니다."

사장은 장비와 책을 내밀어 정수에게 확인하게 했다.

"순도가 95% 정도군요. 그럼 계산해 주십시오."

"네, 그러니까 무게가 1.62킬로에 순도가 95%, 오늘 시세가 한 돈에 22만 원이고, 수수료 5%로 하면…… 가격은 8,830만 원입니다."

사장은 오해가 없도록 하려는지 숫자를 늘어놓으면 계산을 했다. 금덩이 하나가 8천만 원이라니 요즘 금값이 높기는 했다.

그래도 사장은 수수료가 5%로, 450만 원이라는 말은 살짝 생략을 했다. 덩치가 크니 수수료가 너무 많이 나와서 생략하고 값만 얘기한 것이다. 대형 업체를 찾으면 수수료를 낮출 수도 있으니, 이를 생략하면서 8,830만 원을 강조하고 있었다.

물론 정수는 수수료 같은 것을 따질 생각은 없었다.

그래도 호구로 보일 수는 없으니 검색하며 알게 된 사실을 물었다. 자신의 범죄형 얼굴을 생각하지 못한 것이다.

"순도가 95%지만, 5%도 백금이나 은과 동 같은 것 아닙니까? 그건 안 쳐줍니까?"

"나머지 5%가 무슨 성분인지는 모르지만, 다시 제련하는 값을 고려해야 합니다. 제련값이라고 생각해 주십시오."

사장은 눈치를 보며 제련값을 강조했다.

그래도 상대가 워낙 범죄형 얼굴이고, 금덩이가 커서 수수료가 많아 제대로 쳐주는 것이었다. 사실 순도나 저울을 조작하는 것은 쉬웠다.

사기도 상대를 봐가며 해야 하니 무게를 속이지는 않고 있었다. 저 정도 크기면 무게 정도는 미리 측정을 하고 왔을 수도 있다고 생각한 것이다.

"그럼 그건 제가 이해하겠습니다."

"저…… 손님, 이 양식대로 작성 좀……."

사장은 신분과 금의 출처에 대한 서류를 내밀었다.

물론 그냥 하는 행동이었다.

사장도 상대가 서류를 작성할 것을 기대하지는 않고 있었다. 나중에 문제가 생기면 발뺌하려는 것이고, 협상에 우위를 가지려는 속셈이었다.

"어허, 거래하기 싫습니까?"

"그래도 워낙 덩치가 커서…… 이 정도면 처분하기가 쉽지 않습니다. 그리고 저는 세금 문제가 있습니다."

"장사 한두 번 합니까? 우리나라 금의 반은 밀수된 것 아닙니까? 거래하기 싫으면 가져가고요."

"요즘 금값이 많이 올라 조사가 심합니다."

"음, 저도 듣긴 했는데, 그럼 우수리 떼고 8천만 가져오십시오. 아니면 그냥 가고요."

"하하, 서로 양보를 해야 거래가 되는 것 아니겠습니

까? 그럼 금방 가져오겠습니다."

둘은 밀고 당기기를 하다 1할인 800만 원을 무자료 거래의 대가로 하기로 했다.

1할이면 불법적인 거래의 수수료로는 아주 싼 편이었다. 장물은 가치의 5할을 받기도 어려웠다.

그래도 금은 환금성이 높고 추적하기 어려우니 1할이면 서로 적당한 거래이기는 했다.

물론 변용한 정수의 얼굴이 큰 역할을 하고 있었다. 그 탓에 사장은 감히 바가지를 씌울 엄두를 못 내고 있었다.

"지점장님, 저 금은방 김 사장입니다. 제 계좌에 5천이 있는데, 거래가 있어서 그러니 잠깐 3천만 더 쓰겠습니다. 뭐요? 거래비라고 하지 않습니까? 제 점포의 금만 해도 얼마인데 3천을 못해 줍니까? 네네, 이해는 하는데 그럼 섭섭합니다. 그럼 5천만 배달해 주십시오."

사장은 현금이 부족한 것 같았다.

그런데 은행 지점장이 편의를 봐주지 않는 것 같았다.

사장은 정수의 눈치를 보며 양해를 구한 뒤 다시 전화를 했다.

"최 사장님, 저 금은방 김 사장입니다. 급히 필요해서 그런데 3천만 제 가게에 가져다주십시오. 3일만 쓰겠습니다. 네, 좀 큰 거래가 있습니다."

사장은 최 사장이라는 사람에게 급전을 구했다.

곧 은행 직원 같은 사람이 와서 돈다발을 가져왔다.

"지점장님에게 제가 많이 섭섭하다고 전해 주십시오. 그깟 3천으로 손님 앞에서 망신을 주다니. 이참에 거래 은행을 바꾸든지 해야지!"

"죄송합니다. 본점에서 대출 중단 지시가 내려와서 지점장님도 손을 쓸 수 없었습니다."

"3천이 무슨 큰돈이라고 대출 승인까지 받습니까? 저를 믿지 못해서 그런 것 아닙니까? 아무리 경제가 어려워도 그렇지, 설마 금은방이 망하겠습니까?"

"지점장님도 송구스런 마음이 있으니, 곧 연락을 드릴 겁니다."

사장은 출장 온 은행직원을 괴롭히며 망신당한 것을 풀었다. 만약 정수가 그대로 갔으면 앉은자리에서 2천만 원을 날리는 것이었다.

띠링.

그리고 이어 건장한 젊은이 3명이 가게 안으로 들어왔다. 사채업체에서 3천만 원을 배달하러 온 것이다.

아무래도 최 사장은 사채업자인 것 같았다.

젊은이들은 곁눈질로 정수를 관찰하며 사장에게 차용증을 받고 돈을 넘겼다.

젊은이들이 돌아가자 사장은 가방에 돈을 넣어 정수에게 건넸다.

"좋은 거래였습니다. 혹시 더 있으면 가져오십시오. 제가 8,500까지 해 드리겠습니다."

"좋은 거래였습니다."

정수는 사장의 낚시질에 별다른 말을 않고 몸을 돌렸다.

어떻게 대답하든지 결국 상대에게 속을 드러내는 것이다.

정수가 경험은 부족하지만 이런 때는 침묵이 좋다는 것 정도는 알고 있었다.

정수는 금덩이를 팔며 처음으로 음지의 맛을 보았다.

그리고 음지와 돈이 만나면 문제는 생기기 마련이었다.

금은방이 보이는 골목에서 돈을 배달했던 세 명이 서성이고 있었다.

한 명은 전화로 보고를 하고 있었다.

"사장님, 정말 금을 거래한 것 같습니다."

—그럼 뒤를 밟아 봐라. 조직이 있는 것 같으면 돌아오고, 혼자인 것 같으면 덮쳐라. 심문해서 더 있는지 알아보고.

"저어, 사장님, 그런데 상대가 만만치 않습니다. 해결사처럼 보입니다."

—세 놈이 한 놈을 못 덮쳐? 그럴 깡도 없으면 앞으로 나오지 마!

"제가 웬만하면 이런 말 안 하겠는데, 정말 인상이 더럽습니다."

―배때기에 칼 안 들어가는 놈은 없다. 깡패가 깡이 없으면 쓸데가 없어. 현금으로 받는 것을 보면 뒤가 구린 놈이다. 뒤를 밟고 털어 버려라. 거짓으로 보고하거나 덮치지 않으면 두 번 다시 나올 생각 마라.

"명심하겠습니다, 사장님."

금은방에서 현금을 요구하자 사채업자는 냄새를 맡았다. 요즘 큰돈을 직접 주고받는 경우는 없었다. 그러니 틀림없이 금괴 거래라고 생각한 것이다.

그래서 3천만 원 배달에 과도하게 3명을 보낸 것이다.

그런데 정수의 얼굴 때문에 잠시 실랑이가 있었다. 덮치기에는 상대가 만만치 않아 보인 것이다.

그래도 두목이 시키는 대로 할 수밖에 없는 것이 졸개였다.

"뭐라냐?"

"미행하다가 혼자인 것 같으면 덮치라는데……."

"너무 위험해, 저 얼굴이 일반인 같냐?"

"덮치지 못하면 그만 나오란다."

"저건 완전 범죄자야. 어디 조직에서 나온 놈일 거야."

"조직 놈이 이런 데서 금괴를 팔겠냐?"

"그럼 저놈이 일반인 같냐?"

"그건 아니지만, 금을 판 것 같은데 도둑놈이나 밀수업자겠지."

"그런 놈들이 이런 곳에서 팔 것 같지는 않은데……."

"남자를 얼굴로 판단할 수는 없잖아. 하여간 이런 곳에 금을 파는 놈이니 조직이나 업자는 아닌 것 같아. 사장도 그렇게 생각해서 덮치라고 하는 것이겠지."

"하긴 우리도 생긴 것은 멀쩡하잖아."

깡패의 말대로 셋은 키도 크고 체격도 좋고 얼굴도 서글서글했다. 전혀 깡패짓을 할 얼굴은 아니었다.

셋은 남자는 얼굴로 판단할 수 없다는 말을 하며, 정수가 일반인일 거라고 스스로를 설득했다.

세 사람의 말대로 이런 금은방에 금을 파는 것은 음지의 사람이 할 행동은 아니었다. 판다고 해도 영업 시간에 방문해서 사장이 사채를 쓸 정도로 급히 팔지는 않는다.

정수의 얼굴에 주저하던 깡패들도 각오를 다지며 살기를 높였다.

"그럼 미행하다 기회를 보고 덮치자."

"우리도 이참에 목돈 좀 만지자. 해결사 몫이 3할이니 셋이 나눠도 충분해."

"그래, 이제 우리도 차도 좀 사고 그러자."

세 사람은 정수가 나오자 뒤를 따랐다.

정수는 많은 돈을 들고는 있지만, 바로 돌아가지 않고 길을 다니면서 사람 구경을 하며 천천히 걸었다.

그 모습이 깡패들에게 이상하게 보였다. 전혀 수천만

원의 현금을 가지고 있는 사람의 행동이 아니었다.

"저거, 사람 구경 하는 것 아니냐? 아무래도 큰집에 있다가 나온 것 같아."

"사람 구경?"

"너는 군대 안 가서 모르지? 군에서 휴가 나오면 일반인이 신기해서 사람 구경을 한다. 저놈이 군에 다녀온 것 같지는 않으니, 오랫동안 큰집에 있다가 나온 것 같다."

"흠, 일리가 있는데. 큰돈을 가지고 있는데 저렇게 두리번거리며 사람과 거리 구경할 이유는 없지. 이거, 그냥 돌아갈까?"

"역시 건들기는 위험해. 그래도 이대로 돌아가면 사장이 다시는 우리에게 일거리 맡기지 않을 거야."

"빵에 갔다고 다 주먹이겠냐? 금을 파는 걸 보니 경제사범일 수도 있잖아."

"저 얼굴에 사기꾼이겠냐? 일수 찍고 떼인 돈 받으러 다녀도 월급도 제대로 못 버는데, 딴 일이라도 찾자. 유성파 따까리를 해도 이것보다 낫겠다."

"어, 저기로 가면 인적없는 골목이야."

깡패들은 정수가 두리번거리자 교도소에서 나온 것으로 생각했다. 저런 행동은 군대나 교도소처럼 오랫동안 갇혀 있던 사람의 행동으로 본 것이다.

촌놈이나 산사람이라는 것은 전혀 고려하지 않고 있었

다. 세상이 바뀌어 그런 사람은 이제 없기 때문이다.

그래서 깡패들은 정수의 심상치 않은 행동에 덮치는 것을 포기하려 했다.

한데 그때, 정수가 큰 길에서 벗어나고 있었다. 네온등이 화려한 골목으로 들어간 것이다.

어리숙해 보이면 범죄의 표적이 될 수밖에 없었다.

"어떻게 할 거야?"

"음, 한 번 간이나 보자. 사장 말대로 깡패라면 깡이라도 있어야지."

"그래도 싸움은 피하자. 덤비려고 하면 도망가는 거다."

"그래, 저놈이 달려들면 도망가자."

정수가 골목으로 들어가자 갈등하던 깡패들은 시비를 걸어 상대의 반응을 보기로 했다.

그래도 심상치 않으면 바로 도망가자고 합의는 하고 있었다.

정수는 울긋불긋한 네온등에 홀려 골목을 구경했다.

물론 네온등이 아니라 여기저기 붙어 있는 야한 포스터와 광고 때문이다.

정수는 본능에 따라 주춤거리며 여관 골목을 구경하고 있었다.

시선은 여기저기 흩어져 있는 이상한 명함에 꽂혀 있었다.

수영복 차림의 여자가 그려진 명함이었다.

그러나 곧 정수의 발걸음이 멈추게 되었다. 골목의 끝은 막혀 있었다. 막혀 있고 음침해 여관 골목이 된 것이다.

'흠흠, 이런 곳이 유흥업소 밀집 지대인가? 저기 깔려있는 명함은 뭐야? 저기에 전화하면 아가씨가 받는 건가? 이런 게 색기인가? 흠흠, 남자들이 홀리는 이유가 있었네.'

여관 골목은 소돔과 고모라의 재현이었다.

여기저기 야한 광고와 여자를 부르라는 명함이 타일처럼 깔려 있었다. 모텔 입구의 붉은 조명은 유혹하듯이 흔들리고 있었다.

정수는 바닥에 흩어져 있는 명함에 눈을 뗄 수 없었다. 명함에는 수영복 차림의 여자 사진이 있었기 때문이다.

그런데 그때, 분홍빛 분위기를 깨는 소리가 들렸다.

"어이구, 이게 누구야? 이거, 또 만났네."

"이것도 인연인데, 통성명이나 합시다."

"외로운 것 같은데, 아가씨 하나 소개시켜 줄까?"

세 명의 깡패가 골목을 막고 간을 보려 하고 있었다.

그러나 험악한 말투와는 달리, 무게중심은 뒤로 쏠려 있었다. 언제든지 도망갈 준비를 하고 있는 것이다.

여관 골목을 두리번거리는 정수의 행동이 교도소에 다녀왔다는 확신을 더해 주고 있었다. 오랜만에 나와 여자를 구하려는 행동으로 보는 것이다.

정수도 정신을 차리고 상대를 째려봤다.

창피하기도 해서 더욱 화가 나는 것이다.

"아까 그놈들이군. 돈이 탐나냐?"

"구린 돈 같은데, 좀 나눠 씁시다."

휘익.

말이 필요없는 상황이었다.

정수는 화가 나기도 해서 바로 몸을 날렸다.

쩡, 쩡, 쩡!

그리고 이내 쇠가 울리는 소리가 골목에 퍼졌다.

"아아악!"

"으아아~"

"으으~"

순식간에 세 명의 깡패는 다리를 잡고 바닥을 구르며 비명을 질렀다.

그런데 타격 소리가 이상했다.

쇳소리가 난 것이다.

양아치를 만난 이후에 정수는 샌드백을 두들기며 후유증과 상처가 없게 때리는 연습을 했다. 근골이 상하지 않으면서 큰 고통을 주는 타격법이었다.

이런 타격법은 정수가 천상검에게 질문을 했다가 직접 맞으며 배운 것이다.

쇳소리가 난 것은 피부와 근육층 사이에 정확히 타격을 실었기 때문이다. 근육과 피부를 파열시키지 않으면서 고통만 강하게 느끼게 하는 타격법이었다.

오히려 소리가 나지 않게 타격을 하면 충격이 깊이 파고들어 뼈가 부서지고 근육이 파열되게 된다. 피멍이 든다는 것은 근육층의 실핏줄이 터져 피가 고인 것이다.

정수의 주먹질은 후유증이 남지 않는 고통스런 일격이었다. 더불어 소리도 살벌했다.

"엄살은. 어디 보자, 병신은 되지 않았지? 이거, 신경 써서 때리는 거야."

쩡, 쩡, 쩡!

"으아아아악~!"

깡패들의 비명이 더욱 커졌다. 이번에는 팔을 때렸다.

시험 삼아 때린 것이다. 얼마나 세게 때려도 되는지 시험하는 것이다.

'흠, 맞은 자국도 없군. 더 세게 때려도 되겠어.'

그러나 고통에 눈이 돌아간 깡패들이 정수에게 매달리는 바람에 실험을 못하게 되었다.

"으으, 살려 주십시오."

"형님을 몰라 뵙습니다. 목숨만 살려 주십시오."

"으으, 형님~"

다리에 이어 팔을 가격당하자 깡패들은 아픈 외중에 살

려 달라고 빌며 무릎을 꿇었다. 움직이는 것도 보지 못하고 맞았으니 비는 방법밖에 없었다.

"이건 다 사장님이 시킨 겁니다."

"맞습니다. 형님이 범상치 않아 보여 안 된다고 하는데 사장이 억지로 시킨 겁니다."

"저희야 그냥 시키는 것만 하는 졸개입니다. 살려만 주십시오."

깡패들이 무릎 꿇고 빌자 정수도 더 때릴 마음이 들지 않았다.

그런데 정수가 말없이 서 있자 깡패들은 사장 탓을 하며 화살을 돌리려 했다.

깡패들의 말에 정수는 영화에서 봤던 장면이 떠올랐다.

"어디 조직이야?"

"저희는 조직도 아니고 그냥 용역입니다. 사장도 깡패는 아니고 그냥 사채업자입니다. 저희야 그냥 일수 받고 떼인 돈 받으러 다니는 용역입니다."

"조직도 아니라고?"

"요즘 조직이 이런 일 하겠습니까?"

"흠, 조직이 아니다?"

"형님께서 큰집에 오래 있다 나오셔서 세상 돌아가는 것을 모르시는 것 같은데, 자세히 설명을 올리겠습니다. 요즘 조직은 전쟁이 없습니다. 구역과 돈이 있으니 업소를 차려 편하게 돈을 벌고 있습니다. 조직 간에 전투가 없어진 지 십 년도 넘었습니다."

"조직이 구역 전쟁을 하지 않는다고?"

"신문에라도 나면 조직이 거덜나니 어쩔 수 없습니다. 그리고 먹고살 만하니 싸울 이유도 없습니다. 가끔 돈 없는 촌놈이나 양아치들이 구역을 뺏으려 설치면, 조직들이 경찰이나 검찰에 돈을 찔러 큰집에 보냅니다."

"조직이 싸움을 피하려 경찰을 움직여? 그런데 너희는 깡패라고?"

"요즘에는 돈이 최고입니다. 돈이 없으면 양아치고, 돈이 적당히 있으면 깡패입니다. 깡패는 조직에 상납하며 구역 내에서 사채나 업소를 차려 먹고사는 정도입니다."

"세상이 그렇게 바뀌었나?"

"형님께서 조직을 재건하시려면 실탄이 있어야 합니다. 미리 기름칠을 해야지 구역 전쟁에 나설 수 있습니다. 그냥 설치다가는 검찰이 움직입니다. 기름칠할 돈이라도 있어야 상대 조직과 협상이라도 할 수 있습니다. 싸우다가는 공멸이라 상대가 만만치 않으면 대부분 구역을 떼어 주는 편입니다."

정수가 교도소에서 나온 큰형님이라고 확신을 하는지, 깡패들은 요즘의 상황과 조직 재건의 방법을 충고하고 있었다.

변용한 정수의 얼굴이 살벌하기는 하지만 나이 들어 보이지는 않는데, 제압당하니 그런 것이 눈에 들어오지 않는 것 같았다.

　상대의 반응에 정수도 맞장구를 쳐 주었다.

　"나야 이제 조용히 살 생각이다. 너희도 인생 망치기 전에 똑바로 살아라."

　"형님, 거두어 주십시오!"

　"목숨을 바치겠습니다!"

　갑자기 깡패들이 거두어 달라고 매달렸다.

　깡패도 줄을 잘 잡아야 했다. 누구는 사채업자 졸개로 고생만 하고, 누구는 조직에 들어가 업소를 관리할 수도 있었다.

　"조용히 산다니까."

　"사람은 직접 당해 보지 않으면 실감하지 못하는 법입니다. 저희야 말리겠지만, 사장은 또 다른 놈을 보낼 겁니다."

　"이미 사장이 냄새를 맡았습니다. 주변 조직도 형님이 크기 전에 싹을 자를 수 있습니다."

　"거두어만 주시면 목숨을 바치겠습니다."

　"음, 일단 사장이란 놈과는 해결을 봐야겠지. 안내해라."

　"네."

　정수는 잠시 갈등하다가 세 명을 거두기로 했다.

　어차피 정수가 사라지면 찾을 수도 없었다.

그러나 사채업자를 찾아가는 것은 세 명을 거두기 위한
것이다.

부하가 있으면 좋겠다는 생각이 든 것이다.

산을 내려올 때마다 문제가 생기는데, 부하가 있으면
그런 문제는 없을 것 같다고 생각한 것이다.

그리고 영화의 가르침도 있었다. 불법적인 것은 부하를
시키는 것이다. 힘들고 위험한 일은 부하를 시키고, 두목
은 빠져나가는 법이다.

정수는 딱히 불법적인 일을 할 생각은 없지만 부하가
있으면 좋겠다는 생각으로 움직이고 있었다.

"형님, 이제 별로 안 아픈데, 어떻게 때리신 겁니까?"

"병신 안 되게 살짝 때린 거야. 고통은 크지만 후유증
은 없다."

"형님, 혹시 전국구였습니까? 저도 이 바닥 얘기는 많
이 들었지만 형님 같은 실력은 듣지도 못했습니다."

"나 정도야 널려 있지. 진짜 실력자는 소리없이 움직이지."

"정말 빠르시던데, 저는 손도 보지 못했습니다."

"형님이라면 100대 1의 전설도 가능할 것 같습니다."

"형님 실력이면 서울에도 깃발을 꽂을 수 있을 겁니다."

깡패들은 연신 아부를 하며 정수의 눈에 들려 하고 있
었다.

"이제 조용히 살기로 했다. 그리고 맡은 일도 있다. 한

십 년은 누굴 조용히 지켜야 한다. 그래서 너희를 거두기
로 했다."

"형님, 지킨다고 하셨습니까?"

"혹시 조직의 후계자?"

"알면 죽어야 하는데, 알고 싶냐?"

이 정도 대화는 영화에 많이 나오는 편이었다.

정수는 적당히 뻥을 치며 대화를 이어 갔다.

깡패들은 정수의 실력에 압도되어 별다른 의심을 하지
못하고 있었다.

"아닙니다. 지시하시는 것은 불구덩이라도 뛰어들겠습
니다."

"그분도 조용히 사실 테니 별일은 없을 거다. 너희는
가끔 시키는 일만 하면 된다. 그리고 이건 네가 들어라.
그 돈으로 용역 사무실을 차려라. 차도 사고 장비도 사서
일이나 하고 있어라."

"용역 사무실이요?"

"불법적인 일은 하지 말고, 내가 부르면 달려와라."

"사물실을 구하려면 3천으로는 부족할 텐데⋯⋯."

"거기에 8천 들었다."

"형님, 충성을 바치겠습니다!"

8천만 원이면 사무실을 얻고 차를 사고 1년 운용비로
써도 충분했다. 세 명의 깡패는 8천이라는 말에 바로 충

성을 맹세했다.

역시 깡패들도 실력보다는 돈에 허리를 숙이고 있었다.

정수의 금고에는 송 노인에게 받은 현금이 많았다.

그래서 부하를 얻는 비용으로 쉽게 8천을 준 것이다.

이런 즉흥적인 일을 벌일 나이이기도 했다.

그래도 부하들의 인사를 받으니 정수는 기분이 좋았다.

"흠흠, 길거리에서 그러지 마라."

"네, 형님."

"그런데 너는 머리에 든 것이 많은 것 같다."

"부끄럽지만, 지방의 삼류이기는 해도 대학물을 먹었습니다. 그래서 촉새라 불리고 있습니다."

"대학을 나와서 이짓을 하고 있냐?"

"요즘에는 대학 나온 사람이 많아져 저 정도는 흔합니다. 큰 조직의 경우는 명문대를 나온 사람도 있습니다. 조직들은 대부분 합법적인 기업으로 변하고 있어 일반인도 많이 받고 있습니다."

촉새는 아까부터 앞장서서 현재의 상황과 조직 재건의 방법을 건의하던 깡패였다.

정수는 깡패치고는 아는 것이 많아 촉새의 이력을 물었다.

그런데 깡패인 촉새가 대학을 나왔다는 말에 놀라고, 조직원 중에 명문대를 나온 사람도 있다는 말에 또 놀랐다.

세상이 달라지고 있었다. 촉새의 설명대로 조직 간에

대규모 전쟁이 없는 이유가 있었다.

현재의 상황과 조직의 미래에 대해 논하는 중에 사채업 사무실에 도착했다.

"형님, 저기 2층입니다. 지금 시간에는 두세 명밖에 없을 겁니다."

"너희는 입구를 막고 있어라. 내가 사장과 담판을 짓겠다. 그리고 네 전화를 다오. 사무실 구하면 문자를 보내라. 내가 쓸 대포폰도 구해 놔라."

"네, 형님. 차질없이 준비하겠습니다."

정수는 돈이 든 가방을 촉새에게 건네고, 사무실을 구하면 전화하라는 말을 하며 2층으로 올라갔다.

그리고 움직이기 시작했다.

쾅!

휘리릭~

쩡쩡쩡!

정수는 사무실 문을 박차고 들어가 몸을 날렸다.

그리고 책상을 넘나들며 남자들을 두들겼다. 책상을 밟고 공중으로 막힘없이 이동해 주먹을 썼다.

사무실 여기저기에 있던 사내들은 정수에게 맞아 일제히 쓰러졌다.

"으악!"

"으윽!"

"으으으~"

뒤늦게 비명이 합창처럼 터져 나왔다.

쾅!

정수는 지체하지 않고 사장실의 문을 차고 들어갔다.

첫 실전이라고 할 수 있지만 정수는 거침이 없었다.

이미 숲을 다니며 동물을 많이 잡았다. 날랜 동물에 비해 깡패들은 쉬운 상대였다.

오히려 힘을 조절하는 것이 어려웠다.

"어머!"

사장은 여비서의 안마를 받고 있었다.

정수는 문을 차고 들어가 책상 위에서 사장의 목을 잡아 올렸다. 사장은 정수의 손에 목이 잡혀 공중에 들어 올려졌다.

정수는 목을 잡은 사장을 끌어당겨 눈을 마주쳤다.

얼굴을 맞대자 사장은 비로소 정수의 얼굴을 볼 수 있었다. 목줄기도 잡혀 있지만, 상대의 째진 눈에 기가 팍 꺾였다.

그리고 정수의 빛나는 눈에 사장은 오늘 죽는구나 하는 생각이 들었다.

"컥, 컥!"

마음이 꺾이면서 비로소 고통도 느껴졌다.

사장은 공중에 들어 올려져 숨을 헐떡였다.

"네가 나를 죽이려고 했다고?"

"으으, 무스은?"

사장은 신음을 흘리면서 상황을 파악하려 눈을 굴렸다. 정수는 목을 조이고 꺾어 압박의 수위를 높였다.

으드득.

"으으, 사알려 주시입…… 켁켁!"

"나는 뒤를 치는 놈을 살려 준 적이 없어."

꼬르륵.

사장은 거품을 물며 필사적으로 머리를 굴렸다.

깡패 짓과 사채업으로 무수히 원한을 쌓았지만, 이런 자와 원한을 맺은 적은 없었다.

사장은 필사적으로 머리를 굴리면서 눈동자를 굴려 부서진 문 너머를 살폈다. 부하들의 도움을 바라는 것이다.

그러나 아직 정수가 사무실로 들어와 몇 호흡 지나지 않았다. 부하들은 여전히 바닥을 구르며 고통에 괴로워하고 있었다.

그때, 저 멀리 사무실 입구에 금은방에 보냈던 세 명이 눈에 들어왔다.

"저언…… 아닙니다. 꼬르륵."

휘익.

터억.

정수는 사장을 의자로 내던졌다.

"허억, 전 절대 아닙니다. 저야 그냥 사채업자입니다. 저놈들이 돈에 욕심을 내서 형님을 덮친 겁니다. 전 그냥 전주입니다. 전수는 살려 주는 게 관례 아닙니까? 살려만 주십시오."

목이 풀리자 사채업자는 필사적으로 변명을 했다.

이 바닥에서 잔뼈가 굵더라도 힘이 없으면 허리가 유연해야 살아남을 수 있다는 것을 사장은 잘 알고 있었다.

"내가 큰집에서 나오면서 조용히 살기로 결심을 했다. 넌 운이 좋은 줄 알아라."

"네, 네. 감사합니다, 형님."

"오랜만에 나왔더니 세상이 변했어. 아는 동생들도 뿔뿔이 흩어졌고. 저놈들은 내가 좀 쓸 테니 퇴직금 넉넉히 줘서 보내라."

"네, 네. 십 년 사이에 세상이 많이 변하기는 했습니다."

"오랜만에 나와서 정말 조용히 살고 싶다. 시끄러워지면 다음에는 밤에 찾아오겠다. 그냥 조용히 살자!"

"네, 네. 애들 입단속시키겠습니다. 저는 그냥 전주입니다. 주먹과는 전혀 상관없습니다. 혹시 불편한 것이 있으시면 언제든지 찾아주십시오."

정수가 다음에는 밤에 온다는 소리를 하자 사장은 더욱 허리를 굽혔다.

정수는 사장의 기를 꺾은 것 같아 돌아가려 했다.

그때, 구석에서 떨던 여비서의 모습이 보였다. 범상치 않은 곳에서 근무하는 여자라 그런지 비명도 지르지 않고 구석에서 조용히 떨고 있었다.

'미인이네. 우이씨.'

쩌정!

"아으으윽~"

연속적인 타격음이 들렸다. 사장은 의자에 앉아 팔다리를 부들거리며 필사적으로 신음을 참았다.

"경고는 한 번뿐이다. 또 보지 말자."

정수는 왠지 치솟는 화에 사장에게 다시 경고를 하고 문을 나섰다.

정수는 촉새에게 눈짓을 하고 조용히 사라졌다.

정수가 사라지자 사장은 신음을 흘리며 촉새를 노려봤다.

"으으, 너어, 이 새끼들!"

촉새도 사무실로 들어오며 변명을 했다.

정수와는 이미 해결을 봤지만, 촉새도 사장과 결판을 지어야 했다. 근처에 사무실을 내야 하는데, 사장이 오해하지 않도록 설명을 해야 하는 것이다.

"범상치 않다고 하지 않았습니까?"

"저런 상판떼기면 피했어야지."

"제가 여러 번 말리지 않았습니까? 치지 않으면 짜른다고 하셔서 어쩔 수 없었습니다. 저희도 엄청 맞았습니다."

"새끼야! 이 바닥에 살려면 눈치가 있어야지! 저건 완전히 전국구잖아!"

사장은 분노로 고통을 이기며 고함을 질렀다.

"저희도 그래서 간만 보려고 했는데, 도망가지도 못하고 잡혀서 맞았습니다."

"이름이 뭐래?"

"저희도 듣지 못했습니다."

"너희를 쓴다는 말은 뭐야? 조직이라도 재건하겠대?"

"그럴 뜻은 없어 보였습니다. 저희에게 용역 사무실을 차리랍니다. 큰집에서 오랜만에 나와 세상 물정을 모르는 것 같습니다. 저희에게 심부름이나 시킬 것 같습니다."

"씨발, 조용히 살려면 시골에서 농사나 지어야지."

"사장님, 말조심하십시오. 저희가 형님으로 모시기로 한 분입니다. 진짜 전국구인 형님입니다. 존나게 맞았는데 자국조차 없습니다. 그냥 고통만 줄 수도 있고, 한 방에 병신으로 만들 수도 있는 분입니다."

"뭐야? 어디……."

사장은 자신이 맞은 부위를 살폈다.

정말 멍이나 까진 자국도 없었다.

그러나 여전히 살을 저미는 고통이 있었다.

"씨발, 존나 고수네. 그런데 용역 사무실을 연다고?"

"동생도 없어 직접 금을 파셨습니다. 이런저런 심부름을 시킬 것 같습니다."

"용역이라니, 그럼 조직을 재건할 생각은 없겠군."

"그럼 오해는 푸신 것으로 알겠습니다. 저희도 그냥 재수없게 걸린 것뿐입니다. 그럼 물러가겠습니다. 다시 찾아뵙지 못해도 섭섭해하지 말아 주십시오."

드르륵.

촉새가 사정을 설명하고 물러가려 하자 사장은 책상 한쪽을 열고 봉투를 집었다.

만약을 위해 준비한 뇌물 봉투들이었다. 사채업자도 약자에게는 한없이 강하지만, 강한 자에게는 상납을 해야 했다.

그런데 보통 봉투 하나만 주는 편인데, 호되게 당해서인지 한 뭉치를 집었다.

"그래, 다시 보지 말자. 그리고 이거 가지고 가라. 퇴직금이라고 생각하고 그분께 잘 말씀드려라. 그리고 사무실은 가급적 이 구역에 내지 마라."

"감사합니다. 형님께 잘 말씀드리겠습니다. 저도 가급적 유흥가는 피해서 낼 생각이었습니다."

촉새는 사장에게 마지막으로 인사를 하고 물러갔다.

"새끼들아, 빨리 일어나. 뭐가 아프다고 아직도 바닥을 구르고 있어?"

"으, 형님. 뼈가 부러진 것 같습니다."

"이것들이 깡이 없어. 촉새 말 못 들었어. 적당히 때렸
단다."

"상처가 없기는 한데 정말 존나 아픕니다."

"이것들이 어떻게 나보다 깡이 없냐?"

사실 정수는 깡패들을 조금 더 세게 때렸다. 건장한 놈
들이니 한동안 일어서지 못하도록 때린 것이다.

사장은 이런 점을 몰라 아직 바닥을 구르는 부하들의
모습에 화를 내었다.

"존나 아픈데……."

"하여간 다들 입조심해라. 시끄러우면 밤에 찾아온다고
했다. 입 여는 새끼는 나를 죽이려는 것으로 생각해 공구
리 쳐 버리겠어."

"네, 사장님. 입조심하겠습니다."

"김 양, 너도 수다 떨다 걸리면 용궁 구경 가는 거다."

"네, 사장님. 저 입 무거워요."

"씨팔, 오늘 존나 재수없는 날이다. 그만 문 닫고 집에
가자."

"네, 사장님. 정리하겠습니다."

"하여간 살아남았다는 것이 중요하다. 큰집에 딸려가지
않고, 칼침 맞지 않고, 끝까지 살아남는 것이 중요해. 입

여는 새끼는 용왕님 구경 가는 거다."

정수에게 호되게 털렸지만 사장은 의연했다.

살아남았다는 사실이 더 중요한 것이다. 조직에게 상납
하고 기관에 기름칠하며 굽실거려서 살아가는 사장이었다.

재수없기는 해도 이 정도는 가끔 있는 일이었다.

그래도 사장은 사무실을 정리하는 부하들의 모습을 보
며 속으로 떨고 있었다. 입단속을 했지만 소문을 막을 수
는 없다는 것을 알기 때문이다. 자신도 입이 근지러웠다.

전국구에 대한 소문이 나면 구역을 차지한 조직은 긴장
할 수밖에 없었다.

조직이 돈을 따라 움직이게 되었지만, 근본은 주먹이었
다. 전국구의 이름이면 구역하나 차지하는 것이 어렵지는
않았다.

당연히 전국구가 구역에 있다는 소문을 들으면 어떻게
든지 문제가 생기게 된다.

'씨발, 정말 밤에 찾아오면 어떡하지? 저놈들 다 담가
버려? 촉새 놈들이 자랑하면서 떠벌리면 어떻게 하지? 이
참에 은퇴해 버려?'

부서진 문을 고치는 부하들을 보며 사장은 장래를 고민
했다.

정수는 택시를 두 번 갈아타며 강릉사 근처의 산줄기로

갔다. 뒤를 따르는 기척은 없지만 불안한 마음에 하는 행동이었다.

사람을 팼으니 불안한 마음이 들어 미행을 떠올린 것이다. 일을 저지를 때는 담담했는데, 시간이 지날수록 불안했다.

어차피 나뭇가지를 밟고 다니는 정수를 따라올 수는 없었다.

암자에 돌아온 정수는 먼저 거울을 보며 변용술을 풀었다. 잡아당긴 피부를 되돌리자 원래 얼굴이 나왔다.

"내가 그렇게 나이 들어 보이나? 그런데 눈이 인상의 9할이라는 말은 사실인 것 같네. 좀 쨌을 뿐인데 완전 범죄형이야."

정수는 거울을 보며 오늘 벌인 일을 생각했다.

'그런데 얼굴이 심성에 영향을 미치는 건가? 사람들 패고 다닐 생각은 없었는데…… 뭐, 돈 뺏거나 나쁜 일 한 것은 없었지.'

정수는 오늘 있던 일을 되새겨 봤지만, 자신이 잘못했다고 생각하지는 않았다.

딱히 범죄를 저지른 것은 없기 때문이다.

그래도 무력이 대단한 정씨가 한량처럼 사는 것과 비교하면 큰 사고를 친 것이다.

정수는 여차하면 조직도 박살 낼 기세였다.

덤비면 피할 생각이 없었다.

정수의 자질과 심성이 문제였다.

좌도에 큰 재능이 있으니 파격을 두려워하지 않는 것이다. 정통 무도를 잇고 있지만, 원래 재능이나 기질은 좌도에 있는 것이다.

정씨는 한량처럼 살아도 원래 무골이고 도인이었다. 방황은 해도 선은 넘지 않고 있었다.

그런데 정수는 파격과 지름길을 두려워하지 않았다.

그런 것이 좌도였다. 정상에 오르기 위해 샛길도 마다하지 않는 것이 좌도의 마음이었다.

세상에서 처음으로 마음껏 휘젓고 왔지만 정수는 편히 잠에 들었다.

그런 모습은 왠지 더 큰일도 저지를 수 있을 것 같았다.

〈『고수, 하산하다』 제2권에서 계속〉

1판 1쇄 찍음 2012년 11월 28일
1판 1쇄 펴냄 2012년 12월 3일

지은이 | 한주먹
펴낸이 | 정 필
펴낸곳 | 도서출판 **뿔미디어**

편집장 | 이재권
기획 · 편집 | 문정흠
편집디자인 | 이진선
관리, 영업 | 김기환, 임순옥

출판등록 | 2002년 9월 11일 (제081-1-132호)
주소 | 부천시 원미구 상3동 533-3 아트프라자 503호 (우)420-861
전화 | 032)651-6513 / 팩스 032)651-6094
E-mail | bbulmedia@hanmail.net

값 8,000원

ISBN 978-89-6775-062-6 04810
ISBN 978-89-6775-061-9 04810 (세트)